我以翅膀触碰你

李都格　著

九州出版社
JIUZHOUPRESS

图书在版编目（CIP）数据

我以翅膀触碰你 / 李都格著. —北京：九州出版社，2021.6

ISBN 978-7-5225-0038-6

Ⅰ. ①我… Ⅱ. ①李… Ⅲ. ①中篇小说—中国—当代 Ⅳ. ①I247.5

中国版本图书馆CIP数据核字（2021）第098874号

我以翅膀触碰你

作　　者	李都格　著
责任编辑	姬登杰
出版发行	九州出版社
地　　址	北京市西城区阜外大街甲35号（100037）
发行电话	（010）68992190/3/5/6
网　　址	www.jiuzhoupress.com
印　　刷	天津中印联印务有限公司
开　　本	880毫米×1230毫米　32开
印　　张	8
字　　数	134千字
版　　次	2021年6月第1版
印　　次	2021年6月第1次印刷
书　　号	ISBN 978-7-5225-0038-6
定　　价	49.00元

目录

CONTENTS

引

我不会诉说炽烈的情感，我最擅长的是隐藏，像但丁那样，写下长长的诗篇，只为了“贝雅特丽齐”这个名字永垂不朽。

贝雅特丽齐是遥远的、偶像式的，我所隐藏的，却并不比花园里的树或枝头停的一只鸟更远，那些难眠的月亮、大朵大朵游走的云、宴席上热烈的酒、雨后的湖水、被风吹开的桃花，都可以在我之内唤起他，唤起那些沉默，闪烁，还有因为孤独和快乐说的话。所以，我的隐藏，需要全部的力气，需要全神贯注，沉着，并安静，如箭在弦上，但永不出发。

作为爱且永远爱的方式。

医学院的最后一年，我住在东校区一栋几无人住的老楼，楼梯扶手我记得还是斑驳的红色木头，夜晚回去时，巨大的榉树叶子在灯影下摇动，走上楼梯，木地板吱吱嘎嘎会响，现在回想起来，那是整个学生生涯里最有诗意的时刻。

他并不送我上楼，我一个人走上去，到二楼转进去时，就着灯光跟他挥挥手，然后我看着他消失在榉树叶和月亮的影子里。那时，我们已经很少说话了，从医院到宿舍楼，四十分钟，我们常常一言不发，只有几次，大概是天冷起来的时候，他说，去弄堂里喝碗热汤吧，暖暖手脚。我们就在灯很亮的羊汤店里坐下来，一人喝一碗汤，汤没有什么味道，但真是暖和，羊肉也柔软。我仍不记得我们有没有说话，或者说了什么，店里人挤，有时候跟人拼桌，我们坐同一张长条凳，那是我们靠得最近的时候。

三个月后，离毕业实习还有四十天，晓辉在医院里走了，最后陪着的是我和他，还有晓辉的一个舅舅，心心从医院下夜班赶过来，没来得及见到最后一面。晓辉身上的管子已经拔掉了，她见到的是晓辉最整齐的样子。

我不知道如何才能放出一个人心里所有的重量，而不失去其中一点儿？商周时人以歌，且歌且舞；魏晋时人以啸，且啸且行；而我，一个现代人，只能以沉默。那些虔诚而剧烈的，那些沉醉以至于失掉的，还有坚硬的，柔韧如丝的，统统在心里，收着拢着，待无人时，我数过一遍又一遍，它们像河滩上光洁或粗糙的石头，一个都不失掉。

童年

他从不跟我谈论悲伤，喜悦，以及任何情感，所有不确定的、羸弱的、会由外力揉捏成其他形状的事物，他都不屑，冷静像一块铁，却又是经熊熊烈火炙烤过的一块坚硬的铁。第一次见面，在晓辉的宿舍。那时候，晓辉还是个健康的，因为沉思，一双眼珠总是亮闪闪的青年，而他，我惊异的是，他那样苍白，不，不是苍白，是透明，于是，浑身上下透出一种温热的血液的淡红色。

（谁还愿意阅读这冗长的诗篇？）

那时候，我是晓辉的小跟班——九月的第一天，这个瘦弱、寡言的青年，骑一辆高高的脚踏车从我身旁经过，跟他一般纤细的轮子扭出去一个犹豫的弧，折回来，穿黑色皮鞋的一只脚踮着地，露出一截同样黑色的袜管：金同学，你这期稿子……不错，可那首词……平仄完全错误。我撑着一双沉重的、单薄的眼皮，灰绿格子纸上，细长的笔迹，带着太阳的光晕，辉煌，无与伦比。

我难以追溯确切的源头，但一种迷恋似的生活方式大约就是这么开始的。那首仿照南宋辛稼轩一时兴起填就的《菩萨蛮》，经晓辉数易其稿，终于得以附在一篇以怀念高中生活为主题、略带忧伤和矫揉之作的结尾，刊登于由其主编的校刊。

格林童话里，丑陋的女巫把她的镜子递给男人，告诉他，看看吧，里面才是真正的那个我。镜子里出现的是在这世上空前绝后的美丽女子。我相信这个故事，不仅相信，更躬身践行，为锻造这样一面显示出真实自我的镜子，我预备耗费一生光阴。如今，有人在帮助我打磨这面镜子—— 一个能够修饰我的文章的人，必定也能矫正我的灵魂，既然我已把大部分的自己存放于此。我幼稚而热烈的生命急需要这一位驯导者。

此后，有晓辉在的地方总有我，到哪儿都有，无论多么遥远、迂回、晦暗，费尽周折，我总能适时出现在他面前。借书是经常的方式，一个礼拜必定一趟，还有他常去的午餐厅二楼、图书馆、梧桐园后面的自习室和林荫道。但晓辉住的那栋5号宿舍楼，我此前并没踏入过。5-433室，数字这样朗朗上口，每天可以在心里滚几遍，以至于我第一次踏进那里，觉得是异乡人终于踏进传说中有美人居住的幽深宫殿。

而宫殿深处——美人不止一位。

晓辉说："奚江，我的舍友兼好友。"越过一屋子脸盆、晾衣架、热水壶，他遥遥朝我裂开笑容，两排牙齿占据了大半张脸，也是透明的，析出阳光的一种颜色。

"你好！晓辉常常说到你。"

"晓辉也说起过你。"

"他肯定说了我很多坏话。"

"我的糗事也不少。"

"彼此彼此，你俩都很适合做话题。"

"完了，完了，看来我已经不需要重塑形象了。"

空气陡然燃烧起来，每个人的声音都像熊熊的火，有好一会儿，我意识不到这其中哪些是我的，哪些是晓辉或者他的，某些东西在大大小小的衣袜、盆、架间流窜，好像被敲打的钟鼓，或是，每一丛火焰底下最顽固的星子，噼里啪啦，一刻不停。

变化只在于多了一个人，不知道是我和晓辉多了个他，还是他和晓辉多了个我。总之，两个人和三个人是截然不同的一种聚合，前者严肃、狭窄、寂寥，而后者，热情、辽阔、结实，此种变化，令人想大声赞美。

他说话慢条斯理，声调一扬一抑，爬上高山顶又缓缓地、小心翼翼下去，像技巧高超的驾驭者，始终让船舶在浪尖上颠簸，甲板上不沾一滴水。他的声音也如此笼住情感，密不透风，你嗅不出一丝儿味道，可不由得跟着起伏、荡漾，最后，以全部身心呈现其中的奇崛与低回。一个人的心灵完整映照另一个，这是我从不敢想象之事，因为它是过去才有的，或者，传奇和故事里的。现在我知道，这种事，今天和以后还会有，因为，眼下，就在这里，这间狭窄的，前后不足十平，窗框生锈，北风呼呼从缺了一角的窗钻进来，酒精灯、萃取杯、烧瓶和滴管如交响乐般碰撞不停的5-433，真的发生了。人们彼此照耀，如粼粼水波，留住印刻其上的每一寸风，还把一直以来搅拌均匀、秘不示人的心重新揉捏、雕琢，成为新的、锃光发亮、与四周融为一体的奇妙之物。

我在5-433一坐，便久未离开。本来，只是去还一本借了晓辉两个礼拜的书而已。直到日落黄昏，暮色降临，月上柳梢，星移漏转……我还坐在进门时的那个牛皮转凳上，纹丝不动。

这一晚的对话，我全记得，这里，只需说其中一节。

我再一次地，小声地追问：

“世界这样完美，为什么人们还不满足？”

他们中的一位回应：

“因为幸福。人们因为幸福而满世界追逐他们的理想。”

于是，我迫切，但小心翼翼地说：

“你们觉得，就我们现在所做的……可不可以称之为……呃……理想？”

另一位，更加小心翼翼地回答：

“可能……也就是……还没被遗忘的童年。”

每个礼拜至少有两天是三人固定的聚会日——不到二十人的心理系小班被分插到几个大临床班一块儿做实验，我自然被安排跟他俩一个组。为什么说自然？因为，一切必得如此，否则，我们的故事没法往下说，毕竟，5-433 只是偶尔可以去一趟的地方。

最常做的实验是关于兔子的：打开兔子胸腔，插一根管子进它的心脏，或者切开腹部，扎掉里面一段血管或神经。实验开始前，先要给兔子做麻醉，利多卡因或巴比妥或乙醚。我最害怕这个，麻醉后的兔子没有哪个还会醒来，实验结束，就推进更多的致死剂量的麻药。每个都一样，麻醉，一旦启动，就进入死亡——不，在我们手里，麻醉就是死亡，是缓慢的，为一既定目的（实验操作、数据或其他更大的什么），拖延至特定时刻的死亡。

行刑者永远是他。干净，利落，凛然，以及仁慈——像一位烈士。刽子手和被刑杀的，同受其难。我下不了手，晓辉有时也犹豫，我们都爱惜自己，等着他动手。

于是，由我捧着操作册，口里念念有词，他持针，抽药，摸索至受刑者耳后那枚柔软的血管，不等发号施令，不等摇旗呐喊，他已沉默地，坚定不移地，推进了一枚同样细弱的针尖，注射量通常达至参考给药量的上限。

邻桌有人过来，捏了捏操作台上耷拉的腿，吹一记口哨："麻翻了，这速度！"我们避无可避地，相视一笑。这当然算一种胜利，及不上攻城略地，也近乎手刃仇敌。

余下的事便可交给晓辉。晓辉有一双纤长而精确的手，可以在不到一厘米的切口里完整分离肌肉、筋膜、血管、神经，血管壁上剪出漂亮的"V"字，插入比血管粗一倍的管子，再打上一个同样漂亮的结。

我是最无足轻重的那个，但作为观众，我想我是出色的。凝神屏息，腰杆笔直，站定不动，如一座雕像，没有哪个演出能拥有比我更虔诚的观看者，我也再未以同样的虔诚观看过其他剧目。死亡、牺牲和拯救、理性、进步一起，也和我们无辜的、欣欣向荣的青春一起，除了观看，我不置一词，心里也一样。

因为眼泪，在那之前，已经淌过了。

第一堂课，不是现场，一部四十五分钟的教学录像，新西兰大耳白兔气管切开、颈动脉插管和迷走神经分离，隔着一层薄灰的屏幕，我已偷偷地、羞耻地淌下过眼泪。

现在，观看是我重新参与他们的方式，或者，也是他们塑造自己的方式。

“你离那么远？相信我，没那么容易割到大动脉。”他把我拉到前面，肌肉底下一丛丛眦目偾张的血管，米诺斯宫殿[①]纵横交错的腥味。

“我晕血……而且……插管太长，也会晕……”我开始渴望有那团线和一柄魔剑。

“哦，我希望现在仍是遥远的过去，女人不必强行遵循男人的法则。”晓辉的嘴角浮起他一贯的弧度，手指已探至心脏深部，穿过第一根导管。

我汗如雨下，咬紧牙关，摇摇欲坠，但还是不动声色地维持住一名观众的体面——没让自己晕倒。而且，

---

① 古希腊神话里，海神波塞冬为报复克里特岛国王米诺斯的不虔敬，使米诺斯的妻子疯狂爱上一头公牛，并生下半人半牛的怪物米诺陶洛斯。怪物嗜吃人肉，米诺斯把它藏进由著名工匠代达罗斯精心设计的迷宫里，并把雅典人每年送来进贡的七对童男童女关进迷宫，供米诺陶洛斯食用。怪物后被雅典王子忒修斯所杀。

手里没忘了记下眼睛看到的每一步，连一个小数点也不放过。

“你这双手，只要不是针或者刀，随便握一支笔，哪怕一支烟，都这样合适。”他俩有时候夸我。也许，只是安慰，免得我每每为一场实验心碎神伤。但我宁愿相信。因我并不耻于承认，我在以此为自己赋予价值，以此为一名沉默难言的观众拓展其边界，以此面对永远正确的晓辉，以及后来那个冷静、克制的他——我们一起的时间，所有翻江倒海，火烧火燎，都转瞬即逝，唯有我亲手画于记录册上的，数字、线条、瘦骨嶙峋的笔迹，把一切揉成细沙，也赋予它们永恒。

金冬冬，你听过米诺陶洛斯[①]的故事吗？

是那个被关在迷宫深处，每年要吃七对童男童女的牛头怪吗？杀掉那头怪兽可要容易得多，只要你想得到用线团，沿路做标记，最后总能碰上它，然后举起魔剑，手起刀落……

① 雅典人第三次进贡童男童女给米诺陶洛斯时，雅典王子忒修斯带着抽中签的童男童女来到克里特，在克里特公主阿里阿德涅帮助下，用一个线团破解了迷宫，又用她交给自己的一把利剑斩杀了米诺陶洛斯。

你看，你不就是所有人里最擅长标记事物的那个吗？你缺的，不过是最后那一下——手起刀落，直击要害。

可我并没有魔剑！

知道魔剑的秘密吗？它所有的魔力，不过是让你看不见米诺陶洛斯作为人的身体，在你眼里，它将不再像一个人，而只是一头牛，一头可以砍下头颅，贡上祭坛，献给海神波塞冬的牺牲——就这么简单。

哦，别再说了，米诺陶洛斯……你忘了，它会成为地狱入口的审判者[①]，用它的尾巴缠上你，缠几圈，你就被安置在它之下第几层。

你相信地狱吗？或者天堂？

喔，我不知道，如果真的有，那也蛮好的。

我也这么想，因为这样，人世大概就永远不会结束。

所以，你还是别逼我了。既然一切都会继续下去。

好吧……其实，你只是胆小。

兔子们阖上眼，像一堆抹布，被送去处置室。我继续握紧我的笔，奋笔疾书，“米诺陶洛斯和一把可以隐身的剑”，为我的下一篇小说决定了题目。

---

① 但丁在《神曲》里沿用荷马和维吉尔史诗的传统，将克里特岛国王米诺斯作为地狱判官，但将之塑造成有尾巴的怪物，站在地狱第二层入口，以尾巴判决亡魂将前往地狱何处。此处，金冬冬将米诺斯与米诺陶洛斯误作一人。

隔开两天，周四上午，另一堂实验课，实验对象和内容更新了，但谈话仍接着上一回。

“溪江，你说得对，我真是胆小如鼠，封闭的、干燥的、四面白墙的房间，不一定要整洁，但墙上不能有累赘物，会掉的挂画、鹿角之类的，也统统去掉，这样，对一只老鼠来说，才叫安全。”在他面前，我无须掩饰，“昨天，我在宿舍里发现了飞蛾，有两只，一只停在离我两尺开外的柜子门上；还有一只一直在飞，怎么也不停下来。我以为我应该害怕那只在飞的，可事实上，我发现，我怕的是那只停在柜子上的，它两条腿——是两条还是更多，不知道——扒着柜门，那姿势真可怕，拼着命扒住一块光滑的、本无可栖身处，那力道简直随时可以把柜子倾覆在地。你说，一只蛾都这样，其他呢？人呢？”

他埋头在切开的脖子里，被一团混乱的粉红物包围着，切口很难看，他的指头被手套紧紧黏着。晓辉被隔壁组喊去帮忙，他孤军奋战，兀自摸个不停，“找到了，迷走神经！线呢？”我抓着线，远远地，不碰他的手。他把指头垫在底下，另一只手接过线头，交给那根指头，然后穿过去，系住了一个结。

“你不能杀人，所以也救不了人。”最后，他如此这般下了结论。

他的确不是后来才坚硬凛冽，如一切不可摧毁之物，他几乎一直如此，岩浆、铁水、血液，所有滚烫的、流动的，都涌向他，他缓慢地、一层层冷却，灼热地皆淌进深黑之井，留下强大的、经长久煅烧而成的、甲胄般的沉渣。而晓辉，是彻底的冰凉，夜色里流淌的河，数以万计的泪水。我之被俘获，我之不得不，正是由此。

十五年后，回想往事，我究竟是从哪一刻开始永久地失去了他，竟无从得知。我从未向他说出那个词，无论清醒时还是睡梦里，信纸上还是诗歌里，我从未说过爱他，但我常常注视他，如登塔楼望一轮明月，如潜海底吻一丛珊瑚，如捧一把火照耀绵长峡谷。我不是耻于说出那个词，而是——没有一个词能说出口而不使我觉得惆怅、苦涩，乃至更加干枯。什么词能说出海呢？哪怕只是其中最小一滴水，阳光和矿石也尽藏其中；什么词能说出撒哈拉呢？哪怕其中最小一捧沙，骆驼和仙人掌都曾吮吸过它的滋味。说出那个词，是饮鸩止渴，是飘零海上吞下咸涩的水，是为铭刻而在河中画下永恒。

我情愿不去解渴。诗人说。

“金冬冬，我和晓辉要把广播站重新办起来。”

“真的？”

“真的，一、三、五归临床学院，二、四、六归影像和检验，周日就你们心理系。”

“广播也分专科？那周日是不是只能读弗洛伊德？”

“不，是弗洛姆。”他一本正经地纠正，“礼拜天如果不能传福音，至少也该教授爱的技艺。”

“爱，你是说爱吗？那礼拜一到礼拜天都该归你。”

“金冬冬，你要肯来，虔诚而高贵的布道者甘愿洒扫广播室的每一扇窗。”

“可那些人翘首以盼等待着的，并不是我。”没用多久，我已知道，他就是人们常说的那种“风云人物”，类似可呼风唤雨、变幻无常的魔法师，或降妖除魔、风卷残云的行者一类。就我身边，这半年，已经不止一个女孩儿托我递信和送礼物，说什么“他是难得一见的人物，像个英雄”“……不是豪气干云的，当然，也不是赶往世界末日，努力拯救地球的那一类，而是……哎，就是你我通常都会爱上的……那个英雄”。末了，她们总偷偷看我一眼，试图让我认同，又害怕我真的认同：“你懂的吧？”我可不懂，这样一个英雄，为什么还要靠广播站来实现一呼百应的梦想？

“听说昨天又有女孩子在 5-433 哭到深夜，又是为了你吧？你那爱的艺术，可真叫人费解。”我开玩笑说，“如果是晓辉，应该在女孩子们眼圈发红之前就跑掉了，哪还能在旁边陪几小时，却一点儿不动情？”

“不，我有！”他的身体蓦地端正起来，好像岩浆冲出地面，忽然凝固了，神情凛然不容亵渎，“在她们面前我满心负疚，我觉得她们可怜，同时也羡慕她们，能爱，会爱，义无反顾地、不顾颜面地、忘记自我地去爱。”

“那个女孩儿，有火焰一样的眼睛和声音。她的父亲、哥哥十年前死了，她还有个弟弟，很小，现在还没完全长大，”他带着思索，声音充满敬意，“她一直负担着弟弟的大部分生活。”

“所以，为什么？你不爱她吗？”

“就是这个使我难过——为什么被这样热烈的爱包裹的对象，却始终没法燃烧？”他紧皱的眉头，很多天以后，还一直印在我的额头。

广播室其实没有窗，广播室是食堂后门口的一间仓库，堆着米、面、豆、馒头，中午剩的走油肉，等着晚上摆出去的发糕、茶叶蛋，两支话筒架在面粉袋子摞起来的木台板上，接上线，声音嗡一下，从米、面、豆、馒头里裂开，漫向整个广场，以嗡起势，以哞消散，所经之处，持诵了一亿遍嘛呢咒。

一个礼拜后，站内成员从建立之初的二人——奚江、季晓辉，扩至三人——奚江、季晓辉和金冬冬。广播室，不足五平方米，仅容两人躬身而入；但广播室外，数千平方米，都是成员们的领地。空荡荡的阶梯教室，原野般广袤，可被拥入怀的地平线和三三两两的读书人，我们爱在其间游荡，清晨或傍晚，趁半明半昧，半睡半醒，日或夜都还未肆虐或绝迹时。有时候没有他，只是跟晓辉。台阶一级又一级，像云蒸霞帔里抚摸一片无尽的山巅。若停下脚步，入座，必定是头两排，离教室门最近的地儿，抬头还看得到霞光或湿漉漉的灌木，松枝上带着露，河塘里有浮叶，我们是休憩林中的麋鹿。在哪儿停歇，哪儿就是我们的巢、我们的窝、我们盘旋不去的气息和夜夜啄饮的水源。

投往广播站的稿件并未如他们想象的那样，雪片般飞来，事实上，压根儿没什么稿件，因为压根儿没几个人知道。我们自己撰写，自己播送，也不知道是不是只有自己在聆听。我奇怪的只是，美一旦与它们附着的某部分分离，好像就不存在了一样，自从这两位钻进广播室以来，再没有如往常那样博得众人的瞩目。他们的美究竟是如何一种存在，才能遭遇如此这般忽视？相较于人的肌肤、牙齿、眼波流动、绽放的红唇，声音——从人的深处迸裂而出的，随时在消失的，更近乎灵魂质地的某物，竟如此微不足道？

晓辉的美是显而易见的，任何人见到这青年的第一眼不可能不被这种夺目之力震到。女人，甚至男人们都不免惊呼："我的心在猛烈跳动。"因为正是在这身体里，美具有了不断向外扩张的倾向，它无法安于其内。赫菲斯托斯用黄金、白银和铜为阿喀琉斯制作的那面盾①，将整个宇宙、星空和希腊神的世界描刻其上，一个无垠的世界局限于小小一方盾牌，美也这样被局限在一个柔弱的身体里。晓辉不经常笑，仿佛是知道自己笑起来不可方物，每个笑容后都紧跟着对这"不可方物"之笑的自我嘲弄，弧线升到半空就落下，翻折成苦涩的波浪。只有这个时候，这具身体里的美能获得一刻的平静，因为冰雪消融时，必伴随着热量的减低。而大部分时候，他被这美摧折、压榨以致精疲力竭，因为人无法负荷天使的重量，哪怕天使轻

① 赫菲斯托斯，希腊神话里的火与冶炼之神，因瘸腿为其生母天后赫拉所弃，由海中神女忒提斯抚养。特洛伊战争中，他用黄金、白银和铜为忒提斯的儿子阿喀琉斯打造了一副坚不可摧的盾牌，上面雕刻天空、大地、海洋等宇宙间一切美景。阿喀琉斯战死后，盾牌被特洛伊人夺走。

盈如羽毛中最细的一支。

阿喀琉斯之盾最后作为战利品被特洛伊人收缴，一件鬼斧神工之作，一个耗尽心血、令人惊叹的尽善尽美之物，难以庇护他的主人，晓辉的美也无法庇护自己，不能赋予或生成与之相等重量的什么，支撑于那灵魂内，于是，美成为一种羽毛，披在身上，如同也被这具身体收缴了。难怪乎，平常他总穿一件黑色的夹克，尺寸异常之大，可容下两个人，或者说，那衣服之下，别无他物，只有沉重的不堪忍受的美。

美是神殿，那神殿之内，空无一人。

所以，不是他多么的美，而是——美在他身上多么完整，又或者——他被美全然占领，几近于无。

在某种意义上，声音才是未被掠夺、不占位置，因而属于他自身的，此种“属于”甚至是唯一的、仅存的。不同于灰褐色的眼珠，不同于樱桃样的双唇，不同于乌黑闪光的发丝，声音浑然天成，不可分割，也不可嵌入他物，无法作为建造的砖瓦，或献祭于神坛之上。它毫无价值，于是免除被造型、被分析以及被评判的命运。声音于是——拥有自身。

笃——笃——笃——，声音里的晓辉遵循此一节奏，因为是破壳的雏鸟，于美的掩蔽之下探出，笃——笃——

笃——，叩问并破裂，急促的，气短的，狭窄的，铁屑一样摇晃不定的晓辉。在美之内，坐立行走、音容笑貌业已成熟，各就各位，依令而行；而话筒前，一切可攀缘处俱失，再没有什么可锚定的点，声调抑或扬，气息的停顿、转折，节奏的顿挫，全由自身承担——它们无迹可寻。不是姿势，而要由胸怀；不是表情，而要由气概；不是眼泪，而要靠体恤，加之内省。后者，无从传授。以笔做记号，在纸上划出停顿、转折、叹息、升华，也没用。那怯生生的、莽撞的、刻板的，被我们笑之为“与其真正相称的学生气”一类的东西从他的声音里泄露出来，于是，作为声音的晓辉，尽管也可算动人心弦，但较之其俊逸的外形，不得不沦入平庸之列。

差不多也是那个时候，我给晓辉阅读我的札记（开始是为了广播稿充数）。写在随手得的纸片上，有皱褶、污迹和各种气味的纸片，像树上落下的叶子，被脚踩过，就发出哔哔剥剥、清脆碎裂的声音。晓辉在里面读我的，也写下自己的童年、独白，还有眼泪，我任由整页纸被那样填满，任由上面密密麻麻都是另一人笔迹。我发现，这个人需要的纸和告白远胜过我。

我的训导者，长久地怀着一份干涸的、无可告解的命运。

——母亲，我不记得她的样子。这里是指，作为一个母亲本来可以有的样子，热烈、温存、喧闹或者其他，我统统不曾见过。我的母亲，一直躺在雪白的病床上。安静或者尖锐，我知道的调子，只有两种。

——你其实不知道一个人的生活是怎样的，没有声音，没有热量，没有呼吸，甚至，也没有一个人。

——所有的快乐都掺杂恐惧、苦涩、放弃，唯一值得安慰的是，这一切不会永恒。

——我以为已经忘记它们了，那些黑暗中追逐不休的影子，后来才知道，它们全是我的影子，天一黑，它们都回来了。

蜷缩在这些告白里的晓辉，是另一个（使我惊惧和怜悯的）人。这个人拼命把自己挤压进里面，就好像终于躲进一个铺满枯草、温暖干燥的洞穴，就好像仍渴望着一对慈爱、饱满的手掌，或乳房。重新托起一段命运，重新哺育一个生命，或者，仅仅是重筑一间爱巢，亲历者明白此处的辛劳和遥不可及，而对于十九岁的青春，它们不过举手之劳。

譬如：

——成为全部的你，哪怕因此丢失全部的自己，哪怕终有一天，成为被自己鞭笞的谎言。

——只要活着，我就不会离开。永远都在，永远不会走掉。哪怕你先走了，我也会站在那里，站成雕像、瞭望塔，或者石阶、树桩、泥土。

——爱一旦开始，就从不停歇，自从被太阳捕获，地球一直这样转动。我也是，为了还有脉搏。

这些告白，当我编制的时候，已无法不怀着敬意，无法不大声念出它们，并在其中淌下热泪，随后，以含泪的吻回应一双深深的眼神，以及与我并不相称的苦难或爱的主题。

没有一个女人，能抗拒对不幸之爱的追求，尤其在她渴望成为一个真正成熟的、晶莹剔透之物时。为这种渴望，人们拼尽全力，如士兵护卫被摧折的旗杆，一次次在炮火中倒下，又挣扎着起身，不肯丢下那面破碎的旗。晓辉说，我这样的一个孤儿啊！叹息的时候，这个人不再蜷缩进文字里，而更经常地蜷缩在我的臂弯里。而女人，在某些时候，愿意就这样成为一个母亲。

一切已成往事。我为晓辉写的远不止于此，也并非始终这般严苛。但我献于他的俱已遗失，诗和歌唱随他的逝去一起抛往时间的深渊。我们合写的故事里，有一个孩子，每年秋天他在院子里捡银杏果，革命、战争、动乱、迁徙……每年秋天，他总在那个地方。一茬茬人过去，残垣断壁，瓦砾和灰烬，他不停下地找银杏果……树、院子、街道、村庄——消失了，银杏果的世界——总是永恒的。他不停下，所以世界仍然在……他不停下，因为世界仍然在……那一天终于降临，秋天，又一个傍晚，河边重新落满黄叶，孩子满头白发，垂垂老矣，污黑的泥土里，他找到六十年前落下的最后一粒果实，已经参天的银杏树。“树不是一天长成的，”如果不是那本发黄的本子，我早忘了这个故事，更不会记得故事最后，我们共同决定的这句话，“可只要你愿意，森林也将在一个晚上长成”。幸好他已经走了，不然他到我这个年纪，准也忘了这个故事。他走了，得以分享永恒。每个死去的都可以不朽，而活着的终将遗忘，不是遗忘他人，而是被迫忘掉——整个儿世界。

熔化

1999年，夏天还没来，外面到处是人，标语，口号，红旗，呐喊，一辆辆卡车，航行过大街。“整个城市都在游行……”①“下午的实验课没人了,还要喂老鼠……”“金冬冬，现在没人管什么老鼠，大家要‘为同胞讨还血债’……十年前流的也是同胞的血，五十年前也是……好多好多债……”“咳咳咳，这次是统一行动，学校派了车，每个班都得去人！”“那窝老鼠下午估计要生了，老鼠每天都在流血，还有兔子、青蛙……”“忘了你的动物世界吧，现在只有——国家尊严。”“到处在谈这些，尊严、主权，还有什么公约——我弄不懂这些。你们搞得清吗？这些词什么意思，什么时候用，什么时候不用？”“一切时候，它们可以用在一切时候。见过一种布吗？剧院里都

① 1999年5月，中国驻南斯拉夫大使馆遭北约轰炸。经警方批准，市民、学生有组织地进行示威游行。

有的，不管什么时候，演员下台了，不小心摔倒了，茶碗道具什么的故障了，再不就是要换一批桌椅背景，两边一拉一合，里面什么都看不见了，整个舞台一块平整的、亮着丝绒光泽的大红幕布。演员和戏迷都需要这样一块布，而且热爱它。”“唔，幕布，这我懂，它代表着，一个完美的夜，欢腾的人群，灯光，迷离的眼睛，还有心灵……”

我依依不舍地上了车，晓辉又咳嗽发热了，他可以留下来，给母老鼠们接生，把新生儿一只只放进保温箱。

红旗到处飘扬，我们两个在里面走，胳膊与胳膊之间，脚步和脚步之间，跟上所有人的步伐，潮水一样的步伐。他拉着横幅的一角，长长的标语看不到头，我紧紧跟着他，每个人都有事干，我也得抓一面小旗在手里。

潮水慢慢涌动，夏天好像已经来了。

“原来是真的……这么多人啊，像小时候的节日……但不快乐……你看那些血淋淋的字……”“老许的床单，影像三班的，中午蘸着红墨水写的。”“我以为是真的呀，那么红……”“真的血书，也就咬破一点混在墨里，靠那点儿小口子，能写几个字？又不是坏血症，一会儿就凝血了。”“血书都是稀释的？赔上性命的事啊，就这样……”“这里没人会赔上性命的，金冬冬，每一滴血都被稀释过了，以后只能靠红墨水来写，因为墨水——

用的时候拧开盖子，不要的时候盖上盖子……健康、安全、无副作用。而且，也挺像。老许说，他一边写，一边鼻子都酸了，差点儿写成‘还我青岛’。”“我可不希望收到一封血书，却是红墨水写的。”“真有人写，你那胆子，还不是吓半死！”“那也不能要一封假的红墨水写成的信！我只收真的，真的眼泪、真的笑、真的爱、真的血……”

潮水急剧向前涌。“金冬冬，你抓紧我！别在这儿挤散了……不！你在那儿别动，等我过来！”“鞋子掉了……还剩一只……你不是说，这儿没人会赔上性命吗？”“金冬冬，你不过赔上了一只鞋子，离命还远着呢。前面有人在砸窗户了，所以，先想想，我怎么带你回去，你现在只肯用一只脚走路了……”“他们砸一间屋子干什么？屋子不会说话，屋子比我的老鼠，我的兔子，我的青蛙还要沉默。只有人，不停地说话，生气，还撒谎……还有我的鞋子，那是一只灰绿色的鞋子，不是灰和绿色，也不是灰灰的绿色，雨过天晴，云堆破掉后漏出来的那么点儿绿色，你见过吗？我敢打赌，这个世界上不会有第二只这样漂亮的灰绿色鞋子了，甚至我脚上的这只也不是，那只鞋在去年夏天的台风里泡过，我把它晾干后，它就成了那种颜色。是我自己做出来的颜色……”

翻涌的人群渐渐远去。

“你的鞋子很大……好像踩进了一只船。哦，走起来，还会哐当哐当响，我戴上了一副镣铐。你不要皱眉啊，我当然得感谢你，你的鞋子——虽然这样大，可你信不信，我还是可以穿着它们，跳舞！我跳舞非常棒，从小偷偷学的，但几乎不跳给别人看，没有人知道我会跳舞，而且，非常优雅娴熟，即使穿着这双船一样大的鞋子，也能跳得让你发呆。你不信，那好，我跳了……马路上，没关系，谁说跳舞一定要在舞台上，有观众的地方，都是舞台。没有观众，我一个人也可以跳，哪怕是穿着你这双镣铐一样的鞋子……你不知道，鞋子对一个舞者有多重要，没有合适的鞋子，真的很难跳，但你看，为了你高兴，愿意穿着这样一双鞋跳舞，你该知道，我的感谢绝不比你这双船一样大的鞋子小！”

为了让他开颜，我跳了整整四支埃尔加《谜语变奏曲》那么长的舞。“最后这支舞，是有故事的——不听我的故事，你就没法看懂我跳的舞。你不要再皱眉了，好好听我的故事。因为这里没有音乐，如果有，也许还好懂些。我是十九年前漂到这里来的，也就是说，我是个异乡人，可能还是异族的，从不知哪儿的海域顺着水流和季风来到这里，嗯，那些神的孩子好像也曾这么漂在海上……

我是认真的，别那样看着我，每个人出生不都有一段神奇的故事吗？我还知道有的孩子是从天上掉下来的，像雨或雪一样，飘进窗户里，有的是天上的云或星星变的，我已经够平淡的了，一开始就是个孩子，而不是星星或太阳……总之，妈妈说我是她收到的一件礼物，我觉得她说的是真心话，因为我真的是被当作一件礼物那样养大的，到哪儿都要包扎得整整齐齐，可我最不爱这些，什么漂亮的裙子、蝴蝶结，珍珠发卡……妈妈说，跳舞的孩子都得穿这些漂亮东西。我爱跳舞，但不爱这些漂亮东西，我就说，我不跳舞，我最讨厌跳舞。然后——然后我就只能偷偷跳了，从摇摇摆摆学走路开始，就试着有韵律地摆动我的四肢。六岁以前，我走路总是晃来晃去，随时要跌倒的样子。其实，没有人知道，我在练习自己的舞蹈。六岁以后，我有了自己的房间，可以躲在里面昏天黑地地跳了。但我的舞都是不带音乐的，因为房间很小，放音乐会被妈妈发现，她肯定又要逼我包上那些珍珠、裙子、蝴蝶结。所以，没有音乐，我在静默中起舞。一开始，还要心里响着音乐，后来，心里也少了，舞蹈里慢慢有了静默的声音，直到这一支，全部的安静、沉默、无声无息……它们是最郑重的语言，最广阔的颜色，世界之外的世界，不是什么都没有，也不是一，恰恰相反，它们比这个世界全部加起来，再加上你和我，还要丰富，还要重。”

“你要记住啊，所有的舞里面它是最让我爱惜的，它什么都不说，所以，你可以听到一切，它像个孩子一样在那儿待着，一声不响，可里面是满满的，比海水还要多，海水还有落潮的时候，它永远是涨满的、鼓起的，为此，它绝不说话，说话就是潮水退去……所以，你也应该爱它，对不对？因为无论你爱还是不爱，它可是什么话都不说的呀……”

从第一天认识，我就知道他身上有一种罕见的、易被忽视的美。须知，他的美跟晓辉不同，晓辉是确定的、固态的、被规制的，而他，没有形状。一团云或雾，膨胀、收缩、飘移——他一直在形成。他穿灰或黑色呢子风衣，剪裁合适，一身整洁规范，顺乎时下风行，因他本就没有任何面目，甚至线条、轮廓，也统统阙如，于是得以穿梭其间，如光流泄，如水四溢，如风浮沉，这是不拘一格——不是随意流变，是不拘于此一格式之内。麦浪起伏之际，只有光影闪烁。这不具侵袭性的美，既无影踪可寻，也就使人安心、惫懒。在他面前，我从无须担惊受怕，惴惴不安。我们说话，说完各自走开，也不说一声“再见”，因为不需要约定，总能够再见，断掉的话隔多久也能再接起来，永远都是“且听下回分解”，“下回”已经在那儿了，只等时间把它送过来。我们之间，时间不是流逝的、远去的背影，时间是朝着我们的，是我们的桥梁、船和海浪，带着我们一趟趟游向对方。一切周而复始会重新抵达的事物，我以为，都与他的美相类，他因安置于万物中，而永驻不衰。

由此，我从未想过，这无可比拟的美也会凝固、冻结，物态改变在肉眼看来，即为消失。就是这天，我连跳四支埃尔加曲那么长的舞、为博他一笑的这天，我发现，他的美竟也可能失去。太阳的光辉，要数百亿颗原子接连不断爆炸，以维持其亮度和热度，他的光辉也需持续不断蓄积，时刻喂养。他的黯淡，双眉的凝结，提示着某种匮乏。

热力学第一定律——能量守恒定律。

我以舞步，以喋喋不休的故事喂养他。

谁若见到过他的美，也必将像我这般费尽力气。

尽管他真正需要的，也许是正义、自由或诸如此类的心灵。

我应该从未见过像他这般渴求正义或意义之物的人。人们喝水是为了解渴，而他，希望自己是水，是正义本身，是意义的源泉。他为了能给予而无比渴望它。他试图成为管道，甚至隆隆作响的车间，以便真正属于正义之物可由他分派向世界各地。于是，各种质地和纯度的“正义”涌向他，他一件件分析、提纯，用极高的熔点煅炼它们，试图看见最精纯的那个，一种唯一的，永恒的，从任何时间、角度、场景看上去都明亮无损的正义，如从云层遮盖的天空另一头也看得清的卡瓦博格峰[①]（如果浓云完全覆盖，每个在远方等待的信徒也知道，云的背后总是刺目的金顶）。

“别指望我们今后拯救的，能抵得掉今天杀掉的。但你现在要犹豫不决，它们肯定就白死了。”

“就因为跟我们不一样，就因为不同意，所以要彻底否定，甚至消灭，这是虚弱如人类者才发作的恐惧症。”

这是他的凛冽，出于对正义的激情。凛冽是激情冻却后的样态。他总是说“这不对”“不行”“不应该”，不！不！不！不断析出杂质，世界越填越满，而“是”还在土层以下二十公里以外。他越深入此项工作，越受其重负。

那背负巨石日夜前行的役人，紧皱着双眉，汗水流向背脊，喘息和沉重的步履，甚至开始咒骂脚下的路，他有

① 卡瓦博格峰，梅里雪山主峰，藏区八大神山之首，藏传佛教朝拜圣地。

时候就这样令人生畏。

金冬冬，我是不是真像他们说的那样冷？

不是冷，是冷酷，冷是使人寒冷，冷酷却使人痛苦，难以忍受。

要说这个，晓辉不是比我更……他冷若冰霜。

晓辉的冷是软的、能丈量的，还可以握在手心里，慢慢焐热。你是岩石一样硬的、巨大的、沉重的，撼动不了，但随时能滚下来把人压倒。和平年代没人接得住你，大家都没力气，叫上我们村（就是我最早漂流到的那个村庄）最强壮的硬汉，也得至少六个，才勉强挡得住。

照你这么说，我是个英雄一样的人物……

但这个热腾腾的时代，只显得你格外的冷酷，而不是格外的英雄。

我不停地找，找到地心，怎么样？那儿的温度也许够得着熔点。

熔化，有时候会永久改变。你可毕竟——是个英雄。

一块岩石熔化了，是岩浆，滚烫的，灌注地心最深处的热液。它并不失去一个英雄的气概。

你就那么想熔化？熔化了，就没有了，至少不是你了。我希望你一直在，没有一点儿损失，哪怕老是这样一块岩石。

金冬冬，我——也曾经熔化过。说起来，那个女孩儿……我们相识的时间——很短，短得你要嘲笑我——五天，就五天，因为那场庆典就五天，我也一连五天，看到她——人群里，她直愣愣地盯着我，那么远，从这儿到操场绕一圈再回来那么多路都不止，可我在台上，前后左右鱼贯而行的队伍，我握着旗帜，看她看得清清楚楚，那不是爱得死去活来的人常有的、灼热的目光，而是水一样，朝你整个人淹过来的目光。我的旗帜掉在地上，像成吉思汗在他宁愿长眠的甘德尔草原上掉落了他的金马鞭，再也不想着捡起来。我也愿意长眠在她的目光里。你知道吗，英雄们从不是拥美人入怀，他们是跃马寒潭，跌落深渊，以及身赴烈火。我甚至都不知道她的名字。第五天，我才把她抱到怀里，才吻到她的嘴唇，她喃喃地说着各种誓言，但除了目光和亲吻，我不知道自己该给她什么。起先，她不停地跟我说话，除了亲吻，她的嘴巴一刻不停地说着，后来，她渐渐不吱声了，她越来越忧伤。我屏息凝神，才听清她支离破碎的几句，她说她不要这样的爱，天崩地裂的、毫无回应的爱……这一天转瞬即逝，我什么都没来得及说，甚至还什么都没明白，她就不见了，当天晚上，跟庆典后拆掉的那些舞台一样，走得干干净净。在那以后，我又慢慢恢复了形状，现在这样坚硬的岩石的形状。但至少，也算一块熔炼过的岩石了。

啊，你这个故事……真是太不幸了，那个姑娘太不幸了……恋爱怎么可以不说话呢？恋爱最怕的就是——无话可谈。谈话是对爱、对亲吻最好的报答，谈话胜过恋爱本身。

这好像是我的不幸吧！金冬冬，你不能对着摔破的杯子，还怪它不是铁制的。不是我不愿，是不能，深爱的人面前，你难道说得出一个字？

人们对着上帝，难道就不会祷告了？

那是因为上帝不在，人们祷告是因为上帝不在跟前，上帝离开了他们，或者他们远离了上帝。祷告是他们在呼唤，他们渴求。我跟祷告的人一样虔诚，却遭到了指责。我渴求的，如果都从那穹顶临到跟前，我也只会匍匐下来，沉默地亲吻，她的脚。

相较起来，医学或者理性于他反而是轻盈的，每一步都踏实清晰，不用抵抗（也来不及），就能以之为法则，骨架一样确凿，即使是一副瘦弱的骨架。在这个世界，他很容易找到倾心相待者。生物化学课老师余桂琴，永远撑一把大大的黑色的伞，足足可以罩住三个人的那种，太阳、阴天、下雨、一年四季，看得到她的地方就看得到那把伞。所以，她整个人几乎只显示一张红唇和一对眼睛，从上到下，脸、脖子，到手、脚踝，都是透明的，因为她晒不到一点儿太阳。她和那把盔甲似的伞让我们对她讲授的理论有咒语似的恐惧和迷信：UVA 能穿透真皮层……胶原蛋白和弹性纤维……其细胞 DNA 将受到不可逆转的损伤。

“她所有的生活信条可以从她研习的（生物化学或者别的什么）理论里得到说明，她思考或认识到之后就一丝不苟地遵循。不是拘谨，不是学究气，是绝对的理性，应称之为信仰！”他评价她，小心翼翼地，虔诚地。“记不记得那罐蜂蜜？放在柜子顶上多少年也没人碰它，因为结块了，变质了，坏了。整个教研室，只有她敢吃掉那罐蜂蜜，因为理论上，蜂蜜还是蜂蜜，那些结晶体不过是温度降低后析出的糖分，一旦加温，晶体会重新溶解。我想，如果那不是蜂蜜而是砒霜，她也能依据某一精确的剂量服用，三氧化砷对氧化过程的抑制如果控制在某个理想范围，将增强机体造血及蛋白质合成的能力——理该如此。她整个人就是理论。

“但你不要以为她不懂现实，现实是针尖上的一点儿，理论是她握着的这根针，所以对现实，她一点儿不费劲儿。她什么都懂，年轻人的爱情、痛苦、曲折的心事，也懂，跟她研究的多肽、酶、三羧酸循环一样，了如指掌。譬如第一章蛋白质终极结构，开学后第二课……奚江，你来画一下蛋白质四级结构的折叠过程……嗯，字写得跟人一样好，画得也这样漂亮，虽然还缺了一块儿——旁边起辅助作用的分子是怎么参与到终极结构形成中的？唔，这个过程太复杂了，跟人类的爱一样复杂，或者说，人类的爱为什么复杂？因为仅仅是我们之内一个蛋白质要形成它自身，都这么复杂啊！好，你早知道它——伴侣分子，那个小家伙，你觉得不过就是个辅助蛋白，没什么了不起。可为什么，一个帮手要名之为伴侣，不是助手，秘书，用人？注意看，它是这样……这样……它的轨迹是这样的，不断与对方结合，随后分离，再结合、分离，永远不厌其烦，而非一劳永逸地，消解对方错误的自我聚合，直到诱导出肽链正确的折叠，直到蛋白质抵达它完美的四级结构……你看，世界从微小、无序的部分到宏大、诱人的部分惊人一致，你们的伴侣（现在的或以后的）为何称之为伴侣，而不是蛋白质或大分子？因为他（她）们就是塑造你们最后模样的那个‘伴侣’，不断过来又不断离开，不断亲近又不断疏远，反复无休止地震荡，让你们心甘情愿地，自我折叠出最后的永恒。这个过程，尽管你们亲身经历，恐怕也说不清究竟是怎样发生的，所以，作为一名旁观者，奚江同学画不出来，也完全可以原谅，更何况，没有伴侣，他的终极结构也已呈现得这么完美了……”

“所以，那节课……你明白了怎样去爱？”我问。

“是怎样实现完整。当然，爱很重要，非常重要，根据她的理论，爱也应该是实现一种完整，至少，是趋向一种完整。我以前太武断了，甚至是傲慢，因为我周围有太多人，太容易为一些东西倾倒或痴迷，我以为那是虚弱，是心智的残缺，她让我明白，他们被俘获，他们心甘情愿地跪倒在地，也可能是因为他们向往某些更完整的东西。我很感激她。因为她，我再看见这些人时，我觉得跟他们是一伙儿的了，我不再把自己和别人分开了，我也不再是孤独一人了，我甚至就这样——更加完整了。就因为这个，每次她让我上黑板画演示图，我都勤勤恳恳，使出浑身解数……”

“所以，今天，你又画了一节课？”

“啊，没办法！”他摊摊手，“我画了一个，她总是说，很好，很好，就是她想要的。然后第二个、第三个……总之，不能开头，一旦开了头，后面就没完没了……”

最后，他予以总结陈词：“当然，她的课是冗长的，但迷人之处也正在此，她要一面寻找可供扎营的泥地，一面追溯源头，对精确的追求到了无以复加的地步。生活是末梢，最表层的，为什么这么生活，则是历史，几个世纪的追问、经验。不是要这么做，而是为什么要这么做，从第一个发现这个问题的人到现在人们对这个问题的约定，或者遵守——譬如从兴奋到激素释放，是一个生理过程，还是一个历史的发现，一套语言和经验的积累？是的，她那里，问题永远不会结束，因为一直要往回走，朝着过来的地方不断回头，你很难踏进接下去属于未来的那部分，因为每一个答案都不是结论，不是让你在此处奠基或确定什么的结论，它们面朝过去，唔——像流沙，不断回溯的流沙。”

而我，不以智性，而以纯粹的感官，我以为，余桂琴老师最迷人的地方是她的满头银发，除了头顶心杂进几根灰色发丝，这片雪白可说全无瑕疵，讲课时，额头发丝飘动，粼粼如河面银鱼跳耀，一半人的目光追随她，于她的衰老中他们看见比青春更完整的童年，看见甚至也如这银鱼般跳跃的不朽；另一半人憎恨她，因为，她只爱跟她同样坚冷、精确、飞扬跋扈者，比如——奚江。他对她的热爱，甚至迷恋，并非没有回响，且那响声不算振聋发聩，也堪称势均力敌。他要是不在，她环顾教室一周：今天，很不幸，没有找到对话者，所以，这堂课你们可以自习。

他如果在，她的课堂就是对他一个人在讲，好像他的目光是一根线，跟她的俯仰、转身、沉郁、顿挫绑在一起，好像他是指挥，不，更进一步，琴手，更确切说，琴弓。

他寻找的，永不衰竭的爱。

无限次循环的小提琴曲。

只是，曲调未奏，已显苍凉。余桂琴老师在退休后第二年即因病逝世，我们同去参加她的丧礼。合棺的那一刻，我的眼泪汹涌而出。余桂琴老师，您怎么忍心将这样奏响过的一把琴弓重又抛回尘世？您为何没能熬过那个酷热的夏天？为何不愿我们再次谛听您的声音和笑颜？您的逝世，尽管属于命运或必然，仍带着不可免除的罪愆，是母亲狠心抛弃了她嗷嗷待哺的幼子。他从此将永远哀号，这不够，还是不够，永远不够。

结晶

苏州。2000 年。夏天。

苏州，也叫姑苏，叫阖闾城，叫吴都、吴门、东吴。伍子胥在这里被杀，他的头挂在自己建的城门上。

矮矮的山，绿莹莹的水，桥栏杆上有石头雕的小狮子。巷子里结满了爬山虎，巷子外面，到处是香樟，到处亮着标牌，人们贴上新的标语，学习贯彻，推进落实，明确部署。

这是我在所有诗里歌里见过的苏州，范仲淹的苏州，金圣叹的苏州。夜半惆怅的钟声来过这里，圆月下千人石上热烈的吟唱来过这里，我们的青春和劳作，一千八百多个日子，来过这里。还有眼睛，不是精神的，是肉体的，包含瞳孔、晶状体等一系列解剖关系，在阳光和阴影里都能睁开视物的眼睛——如果情况紧迫，它还可以迸出泪水冲刷每一粒试图冒犯的砂砾。还有双手，筑城的双手，抚胸叹息的双手，铸剑的双手，承接头颅和鲜血的双手，所有河水两岸吴地先人们的双手，矫健粗壮，如桃花在风里翻飞，全心全意的双手。

——都来过这里。

桃花谢了，飘在流水里，黑色的屋檐下，有瓦砾和月洞门，有繁星点点的木槿，杨梅还没结子，林荫道上、草坪上，都是人。2000 年，夏天，这里在举行新世纪之声歌舞晚会。

晚会在空旷的湖边草地上开始。钢筋架的舞台前，扎着几十排同样钢筋底座的椅子，浩浩荡荡像刚打上来晾晒的鱼干。主持人有四个，两个男的，两个女的。节目十九个。演员，报幕表里有三十二个，但我数了数，数不清。烈日、人群和轰鸣的进行曲里，每个人都在冒汗，包括冰块一样银闪闪的钢筋柱。热气蒸腾，各种面孔、布料、亮片在舞台上晃动，我们盯着一面黄色的小牌子，小牌子一晃，我们就起立、欢呼、鼓掌，声音嘹亮。演出非常热闹。歌唱演员的大红裙像一把伞扣在身上，上面顶着一对对雪白的碗茶盖似的肩膀，歌声汹涌澎湃，大气磅礴。跳舞的女演员被男演员托到手掌上，脸、脖子、手、脚背，从上往下闪烁亮片，肢体柔美婉约、灵动舒展，散发强烈的古典气息和雍容之美。孩子们着装整齐，精神抖擞，声音铿锵有力，响彻云霄，纹丝不动的笑容里，是风云变幻的历史、光辉灿烂的足迹、前无古人的气概、扶摇直上的未来……

“这么多歌，这么多舞，但没有一首诗……”

“你想要哪首诗，金冬冬？”

“只能一首吗？茨维塔耶娃的《乡愁》？哦，不，里尔克《致俄耳甫斯的十四行诗》……不，不，奚江，还是荷尔德林的《许佩里翁》，就第一节，怎么样？

“上来就是‘祖国大地’‘欢乐和哀痛’。‘哀痛’两个字多么扎眼……繁荣的大地，而许佩里翁在流浪，这个，究竟赞美还是控诉，讴歌还是嘲讽？啊，许佩里翁还是个希腊人。太远了，离现实太远了，云里雾里，让人摸不着头脑！应该更贴近现实，一切艺术的根基在人民，源泉在人民，精髓也在人民，那是一切艺术取之不尽、用之不竭的源泉，也是艺术存在的根本价值。能不能反映人民的心声、人民的生活、人民的实践，才是检验一切作品的标准。”

“那帕斯捷尔纳克《邂逅》？”

“啊，这是绝唱，像一首悼词——而这里，是晚会。好好写一个姑娘，为什么要说人间残酷呢？失去一个姑娘，痛苦，可以理解，但上升到对社会的控诉，是不是偏激了，狭隘了？为什么不把胸怀打开，视野扩大，不囿于个人的爱情和消极的情绪，真正关注人性、关照现实、关怀生活，把失去所爱的悲伤升华成整个社会的友爱、温暖、光明？”

“普希金《致大海》。”

“哦，晓辉同学，你这个普希金倒是有名的，苏联还是俄罗斯？怎么还有拿破仑？长眠，苦难？是同情、歌颂拿破仑吗？外国诗，盛名之下……跟在别人后面亦步亦趋，可别忘了我们自己的审美情趣，自己的民族特性啊！那是从遥远的历史深处流淌而出，沉淀于民族血液之中的。从先秦到两汉，从唐宋到明清，李白、杜甫、白居易……上下五千年，漫长的历史沉潜，稳定而强大的传统。”

“好了，好了，李白的《将进酒》——”

“呃，酒……金冬冬……现在关于喝酒，禁令很严……而且长醉不醒、万古愁，这样低沉丧气……要代表学校，代表年轻人！怎么把握和理解时代步伐，怎么总结和体现时代朝气，怎么贯彻和反映时代精神，以小见大，由点及面，感人肺腑，荡气回肠，还需要大家更全面、更深入地思考。”

“所以呢，奚江……”我和晓辉笑岔了气。

“所以，这里没有诗，不可能有诗，哪怕一首。”他不笑了。事实上，他从头到尾就没笑。舞台上旋律响起，一首新的歌。“晚会是庆典，是幸福，是欢乐，现在的生活也是，我们选择的一切，都是……我们选择以幸福，以歌声，以随便什么，替代诗，掩埋诗，改造诗，就是没人能够——赤裸裸地——念出一首诗。就算念出来，念出每一个词，每一个音，也一样，得到的是帽子、衣服、首饰、行李箱、房屋——诗的遗产，满满当当，全在这儿。但诗，不在这儿！真正难过的，是这个……我们早就——不再拥有！不管是诗，命运、真理，还是别的什么！要知道，不是晚会拒绝了诗，是诗必须拒绝我们，拒绝与我们同一命运，拒绝成为我们的桂冠、花环，拒绝离开泥泞、莽林、险峻而滑落平原。诗以肉身相搏，以鲜血和发肤铸就，所以，它的命运——要么深埋，做一枚未响的地雷，要么就袒露，成为一把刺眼的凶器……这样的诗，当然跟我们无关，所有真正的，会碎掉，会疼痛，会流血、流泪、流汗的，都跟我们无关。

“以前那种储蓄罐，叫扑满的，现在早看不到了：硬币一旦放进去，就再也出不来了，除非罐子高高举起，整个儿打碎——几十片，决绝的碎片，为了硬币！现在的罐子，不会碎，也不需要碎，罐子背后留着另一个口，硬币放进去再随时拿出来。进去的那个窄门，成了一个动作，一个姿势，一个随时可以反悔、重新来过的小游戏！我们每个人，现在，都是这种——不用打碎的储蓄罐，假的玩具似的扑满，毫发不伤、自欺欺人……”

后面的话听不到了，我们上台了。我们献上的——百人合唱《我和我的祖国》……琴声荡漾，我站在里面，队列磅礴如海，我在第一排，他在我后面的后面，中间隔着两排六个人的距离。无数个声音里，我辨不出他的，巨大的歌横在我和他、我们和诗之间。

在冥界的俄耳甫斯[①]不能说话，不能转头，除了前进，所有的话语和动作都是障碍，是隔离，是扼杀。他没能忍住，并在转身的一瞬，永远失去了欧律狄刻，他那日夜咏唱的源泉。诗从此知道，要么纯正地生，要么卑贱地死，必须自动摒弃一切中间时刻。和解、阐释、重新叙述？不存在的。现代人用自己的话重新讲一遍李白的《梦游天姥

---

① 俄耳甫斯，希腊神话中诗人和音乐家的原型。其妻欧律狄刻夭亡后，他携竖琴闯入地府，用音乐感动了冥王夫妇。他们同意欧律狄刻重返人间，条件是在未离开冥界前俄耳甫斯不可回头。俄耳甫斯在最后关头忍不住回头看了妻子一眼，前功尽弃。两千年来，俄耳甫斯下地府寻找欧律狄刻这一题材始终为诗人所钟爱，从更早的维吉尔、奥维德，到晚近的里尔克，均有重要诗作涉及该主题。波兰诗人米沃什的《俄耳甫斯与欧律狄刻》一诗可与文中意象互为参看。

吟留别》，结果怎样呢？结果就是——除了是他自己的话，是现代人的话以外，什么都不是。任何——别的——话，都是没用的。拆开钟表，原路装回，时针再也不转；结解开，剩下的，是一根绳子。

我不知道，如果时间一直往下，他还会继续跟我说些什么？虚妄的人生，怯懦的命运，各种妄图取代诗的不自量力？还是斩钉截铁地，面带讥笑，金冬冬，这样高涨的合唱声中，我们还能继续些什么呢？

歌声压过来，整个儿把我压到海底。舞台很高，高出于海平面，不只一丈，在上面的感觉是站在山巅的感觉，犹如一场风暴，把自己捆绑到桅杆上，要么跟海浪一起咆哮，要么被它吞没。舞台是另一个方向上的决绝，外部的、非自我指向的，在朋友和敌人、反对和顺从之间，它也没有中间地带。

我在大海深处张开嘴巴，鱼一样翕合。浪不断涌动，从耳膜、喉咙，到胸膛、肚子，到骨盆、膝盖、脚底，所有身体内部坚实的、沉着的部位——不断涌动，咕嘟咕嘟，一点点，从上往下，扑过去，扑过去，最后，一下子，它们滚出了泪水，滚烫的、激烈的、无可比拟的泪水。

“我和我的祖国，一刻也不能分割，无论我走到哪里，都流出一首赞歌……”歌曲推进到我那个声部时，我终于，不由自主地、热泪滚滚地，唱出了大海共同的旋律。

一天，我们一起去余桂琴老师的家，她住在学校后面一栋砖红色的教工宿舍楼。我是第一次去，他应该是经常去，带着一份礼物，一本小小的绿色封皮的书，每页都是大片大片的图和几行字，像给孩子的礼物。我们聊了一会儿话，她家里很冷，水泥地是冷的，木头门框是冷的，茶杯里的水也是冷的，还有一把很老的藤椅，铺着厚厚的白色毯子，他就坐在那把椅子里，大概他每次去都坐的那里，一坐下，它们就顺服地窝出他的形状。我们几个，余桂琴老师、我、晓辉，还有心心——对了，我还没来得及讲心心是怎么来到我们中间的——都坐在他对面的沙发上，只有他，一个人在藤椅里坐着，敛容危坐，好像后面不是靠背，而是悬崖。身后，窗户，也的确——被空旷包围。他平时也这样，身后总是一片空旷，走到哪里，星星、月亮、太阳、山，都自动隐没，没有什么能在他背后显现。除了这把椅子，如大雪般覆盖、深埋他的椅子，一场明亮、浓郁的大雪。

“不知道为什么，我那么喜欢看关于战争的东西，一战、二战、奥斯威辛、屠杀、幸存者……人心里各种形状，极致的颜色，无底的深渊，你没法不去注视，从悬崖边往下看，你得用力控制自己往下跳的冲动……所以，有时候我对人甚至对自己产生厌恶，我心里清楚，如果我在那里面，也没法保证自己不疯狂……您知道，余老师，战争有它迷人的部分，死亡也有……不过说起来，我最喜欢的，还是关于阿拉伯沙漠战争的，T.E. 劳伦斯[①]，您知道吧？原始的，诗一样的战场，无尽的画卷……他的一生，他的回忆，棒极了！”

“那个阿拉伯的劳伦斯？二十世纪以来少见的圣徒。”

“对，圣徒！余老师，他正是一名圣徒，圣格列高利[②]那样的！也许他本人要讥笑这个称谓，但除此以外，没有可以形容他的了。当圣格列高利说，‘我的’和‘你的’这两个词使我们短暂的一生充满痛苦和无法解释的

---

① 即托马斯·爱德华·劳伦斯，一战爆发后，作为英国军官参与阿拉伯起义，苦行僧般踏遍中东的沙漠和戈壁，率阿拉伯人抗击土耳其军队，并以非凡的热情和个人魅力，把阿拉伯诸多部落联合起来，试图帮他们建立独立的国家。因其终身致力于阿拉伯人民族独立和摆脱殖民统治的努力，被阿拉伯人视为无冕之王。法国哲学家西蒙娜·薇依称其为“二十世纪最后一位圣徒”。

② 即启蒙者圣格列高利，亚美尼亚的第一位圣徒和亚美尼亚使徒教会的创造者。

罪恶，他已踏上了征程，以话语和思想向这两个词挑战。而劳伦斯，手持梭枪，跨上骆驼，他是肉体的征途，在沙漠里埋下引线并爆破，直接走进战斗，像一个阿拉伯人那样行军、吃饭、睡觉，像阿拉伯人那样去爱和恨，甚至杀戮。他杀过两个人，为此背负了一生。他首先在自己身上，消灭了那两个词。”

“那是个礼物，我记得……这个英国人的梦想——实现一个异族的自由，是作为送给他的阿拉伯爱人的一份礼物。因为对那阿拉伯少年的爱，对整个阿拉伯的爱，对沙漠的爱，他才确认自身，同时也备受折磨。圣洁，没错。自由，没错。正义，没错。可最后，他不得不统统包起它们，身心疲惫，双手高高举过头顶，奉上——终生……这是他的禀赋，也是他的使命。”

“您说的是这首诗吗，余老师？”他在那堆大雪上直起了身。

“我爱你，

因此我将这些如潮的人流拉进我的手中，

在繁星灿烂的天空里写下我的心愿，

去为你赢来自由——那有七根支柱的智慧之屋，

你的眼睛会为我而闪耀

……”

声音回荡在小小的冰凉的屋子。

我们每个人都不说话。雪堆在升高，外面星光熠熠，他身上的雪一寸寸加厚，屋子被他和雪堆照亮，他整个人几乎——长进了雪堆。余桂琴老师凝神看他，像雪做的另一个雕像，屋子也变成冰雪的，我们每一个都晶莹剔透，像挂在屋檐的冰棱。

“这样的诗，我可以念一遍再念一遍，念多少遍，都不厌……不是诗——多么好，有的地方还相当平淡，但就是让人着迷。您知道吗？有时候我觉得那样的句子，我也会写，可能还更漂亮，但那样的诗，绝不属于我。我写的——句子，而他的——诗！整本书，整个回忆，都是！他说他写完那本书，就想把它们从大桥上扔下去，他写信跟朋友说，我把自己给掏光了，我的每块骨头都碎过了，我的肺穿了洞，我的心虚弱无力……我好像亲耳听到了这些，我在里面，亲眼看得到了——他的一生。”

“你喜欢疼痛，还有英勇啊，沉重啊，你向往它们，因为你从来没尝过它们的滋味儿，哪怕最简单的，譬如，头痛。像小孩子听大人说，头痛起来，简直活在地狱里，生无可恋，你就羡慕极了，因为你的头从来没痛过，太想走进那个有头痛的地狱，看看里面的样子，最好能像他们那样，捂一块手帕在脑袋上，哎哟哎哟叫唤——好像这样，你就也是个大人了。为什么人们喜欢看悲剧，尤其在他们知道结局以后？因为里面有痛苦，虚假的，却又非常接近真实质地的那种，人们愿意在想象中经历它们，一遍又一遍，不断重温，因为你知道你绝对承受得了它们，你这样经受一次，仿佛就强大了一次，仿佛本来就有这么强大，还会越来越强大。你着迷的是这个。”

“不，余老师，您不能这么简单就给我下了结论。我不是盲目地、不加甄别和反省地去爱的，是经过严厉的、一层又一层自我审视之后，还是不可挽回地、带着颤抖和不可抑制的热情沉浸其中。我也问过自己，这里面让我着迷的是不是一种虚幻的力量或英雄主义，或别的什么，我经常会问自己这个问题……”

“然后，结论呢？”

“结论就是——什么都不是，我就是——着迷于此。死亡、拯救、杀戮、幸存、忏悔……人身上最高的高山、最深的深海，光这个，就够了……我不信你们谁能在看到它们后，还逃得掉，还能有自由之身？”

余老师沉默。然后，她开口：

“其实，我也有过这样一位爱人。现在，我愿意跟你们说一说他了。他普通得不能再普通，没有几个人知道，但在我心里，他一点儿不亚于劳伦斯、圣格列高利，不亚于历史记载下的任何一个死去的、消失的人。他跟他们一样死去、消失，永远不见，我想到他们中的任何一个，都不可能不立即想到他，而想到他，我也就更理解和走近了他们。我的生命中永远缺掉了一块，也永远鼓起了一块。

“他是我的第一个爱人，我的同学，同班同学。我们相恋的时候还不到你们这个年纪，但跟我后来爱过的人比，他是最成熟也最宽厚的，他很少生我的气，虽然我一直跟他吵架，因为少女们——不管哪个时代的少女，都需要确定，需要说出那个字。他却只在我跟他吵架、大哭大闹的时候，才会嗫嗫地、惜字如金地、造作地说出来，听起来十分不真诚、不漂亮。还有的时候，他无奈地看着我，说，唉！你怎么就不明白，很多时候，这没必要。你看，居然说没必要！到今天，我也觉得他这话是不能忍受的。但我已经原谅他了，因为我们分开太久了，那是哪一年？ 1959 年还是 1958 年？你看，我连时间都记不太清了。我只记得他穿着我几年前给他裁的那件毛料大衣，最后一次到我面前时，我的泪水啊，我这辈子从来没淌过那么多眼泪，都在那一次淌光了，或者都留着那一次淌呢！

“那是我们最后一次见面，就一个小时，他只有一个小时，一见到面就要走了，他是……逃出来的，扒煤车，又跑了十几里地，整个人又黑又瘦，脸脱成长条条了，眼睛凹进去两个黑窟窿，我简直不敢认……我们坐在窄窄的绿色长椅上，我们望着铁轨，现在，我跟你们说话的时候，我还能感觉到那些碎石头上铺着的一格格枕木。火车鸣笛进站，我们互相看向对方，他眼睛里的痛苦和惊恐啊……我这辈子最后悔的大概就是这件事。那天，我该拼着命把他拦下来的……他不肯，他说，来看我一眼就好，病房里放他出来的那个医生，答应他就一晚上，他也答应了医生，就一晚上……天亮以前，他就回去……

“那个医生，也是个好人。一开始医生不肯放他走，他就把我的信拿出来。他几乎从头到尾把信给医生念了一遍。他说，陆医生，她以前写给我的那些情书，情意绵绵的，看了人耳红眼热。这封，冷静得出奇，可每个字，我都想哭……我一定要见她一面，她不能再跟我这个不幸的人绑在一起。我那个同学一直喜欢她，他告诉我也是想帮她，只要能让她离开我，就算不跟我那个同学过，至少不用遭这样的罪……但我没法为了让她离开故意说那些伤人的话，没法为了爱她反倒让她失去爱本身。我要告诉她，我有多爱她，我从没真正告诉过她。也就为这个，她必须离开我，我需要她离开我。这事，不能写信跟她说，信里，我没法说，一个字也没法说。必须见到她，看着她的眼睛，亲口说出来。其实不知道能不能说出口，但错过这一次，这辈子还能不能见到，我不知道了……那天他就是这么说给我听的，他怎么哭着跟医生讲，医生看了信，听了他讲的，又是怎么流下了眼泪，最后怎么答应了他……其实我知道，他是把所有想说的，借着给医生讲的那些，统统说给我听了。真要当着面，把话对我重新讲一遍，他做不来的。他要准备说一句动听的，光叫上一声我的名字，脸就红到耳朵根儿了。

“何况那个晚上，我们也没时间听对方说，都在拼着命说自己的，他要我离开他，我要他别再回去……他说，医生放我走时，他那个眼神，我明白，他没准备我再回去。我说，那不挺好吗？他是个好人，成全了你，成全了我们，咱俩一辈子记得他。他说，就因为这个眼神，更得回去，必须回去，不能让他替我担这个罪。再说，就算逃掉了，能去哪儿呢？四处流浪，还是躲深山里，暗无天日？我说，流浪怕什么，我跟你一起流浪去，深山怕什么，白毛女一个人都在里面待了十年，我们俩一起呢，那是神仙日子！他一下子从长凳上站起来，急了，说，我就是怕这个，不能再让你跟着一起受罪！所以，你回去，天一亮就去单位把字给签了！我们划清界限，你就没事了，我们两个，总得有一个是好好的。

“一个晚上，不，一个小时，我们就在这件事上绕来绕去，我坚持我的，他坚持他的，谁也说服不了谁，直到火车进站……汽笛声一响，我一下子明白了，他这趟来看我，就是告别了，是最后了！没用了，我知道，是石头一样的人啊，越是痛苦，越是可怕，就越重越硬……后来真的要进闸门里了，我哭啊，我扒着栏杆，追他，说不出话，只是哭……

“就是这个夜晚，在铁轨、枕木和汽笛声边上，他和我肩并肩坐着的木头椅子上，我们看着月光流过一道道栅栏、一节节绿色车皮，那个石头一样坚固的决定，让他付出了生命……我收到的最后一封信，是那年春天，他在信尾写着：我坚信我们会再见面，我将怀着这样的信念活下去，活到我们再见面的那一天。”

最先为这个故事哭泣的是心心，她永远是我们所有人里最热烈和冲动的那个，她一边流泪一边摸着胸襟上一朵小小的云：“我的心快要破掉了！”那是一枚蔚蓝色的镶着七颗小钻石的胸针，是她爸爸几年前从海洋另一边托人捎过来的，每当伤心的时候，她就摸着它，像摸着一颗心。

晓辉生病不久，就开始经常跟我们提起这个心心：心心说的……心心今天带来的……心心总是问我……心心给我讲这本书的时候啊，哭了，我也哭了，我们俩一起哭了整个下午，先背对背，偷偷地，各哭各的，后来面对着面，简直是抱头痛哭……

一天晚上，在病房，晓辉把心心和我们拢在了一起。

这是心心，这是奚江、金冬冬，我的好朋友。他一字一顿，力道均匀，但饱含深情。

我抬眼，然后，便再舍不得收回这双眼睛。一个短头发小姑娘，但一身婀娜娇柔，桃花瓣的面颊和嘴唇，还有两只乌黑的大眼，静悄悄睁着，你稍稍注视一会儿，它们就承受不住什么重量似的，缓缓垂下来，等到再次打开，里面已蓄满晶莹闪烁之物。

这双眼睛就是后来被我们爱称为“珍珠之泉”的双眼，无论何时，它们总是含着泪，微笑的时候，也似泪盈于睫，如泣如诉，而哭泣的时候，你很少能看到涕泪横流的情景，她的泪都是大颗大颗的，就是最大的蚌壳打开，里面最圆润的那颗珍珠，一颗又一颗从漆黑里蹦出来，完好无损地，整个儿砸到地上。热泪在她眼中不是淌下，而是迸裂，也不是温热，而是滚烫，人们于其中是尝不出咸涩之味的，因为只有——如火的烧灼。

没有人能不为这样一双眼睛心颤。在看到她的第一眼，我就感受到了此种属于造物的神奇—— 一个不必哭泣的泪人儿，一个以泪做成的妙人儿。

她为晓辉迸出的泪珠，不能胜数，但晓辉以外，她也为不能胜数的人和事捧出过那些繁盛的珍珠。她的泪如此之多，多到令旁人不易相信的地步，可我知道，每一颗都贵重如斯，不可舍弃。我甚至由此恼恨晓辉所忍受的那些痛苦，因为痛苦同样传递到了她的眼睛里。本应盛放稀世之珍的宝匣，怎可落进无边的尘霾？病中的晓辉，需要吻，也需要热泪，而她拥有的，即是含着热泪的宛如烈火的吻，远胜于我的热泪和烈火。

此时，她的眼泪，令余桂琴老师这场回忆更为悠长、茂盛。

“奚江，你带来的是什么书？给我们念一念吧！哦，不，让心心来念吧！她要继续哭下去，我也要忍不住了。我都多少年不掉眼泪了。”

“余老师，这都是因为您，因为您讲的这些……您怎么能够这样平静……要是我，我肯定哭得讲都讲不下去了……啊，不，我根本不可能有这样一个故事，我的人生根本承受不了它。”

余桂琴老师温柔地注视着她：“心心，但愿你永远不要拥有这样的故事。”

“可如果有一天，它们来了呢，我……我赶跑它们？”

“真有那么一天，也不用害怕，毕竟，上天分给每个人的都是他承受得住的。”这个夜晚的余桂琴老师出奇的温柔，声音和容颜渐渐消融于窗外夜色。

“不，余老师，难道您的他最后承受住了吗？”奚江把打开的书再一次重重地合上，“他永远地离开了您，你们余生再没见面！我不能接受这个，哪怕它是命运！”

“重要的不是那些，奚江，不是饥饿、生存、正义、非正义……甚至也不是命运……重要的是他始终没有丢掉的那些东西……他没有活下来，他永远地离开了我，可我知道，他保持住了自己……那是最后的方式……我去了那个农场，后来。没人说得清他在哪儿。一个医生，他说他姓陆，我想就是那个陆医生。他带我到一个土堆，说，他埋在这儿。他是傍晚走的，早上，他打了一盆水，洗脸、刮胡子，他每天如此，最后一天，也是如此。饥饿那样可怕，让人像野兽，像魔鬼，到处觅食、偷盗。每天他只吃完一顿菜糊。他坐墙角，看书、写日记。他的日记有一摞书那么厚，陆医生偷偷保存着，转交给我时，一页没少。三年，他的日记写下了每一天，包括每一个醒来的早晨，他那些狼一样凶狠的念头。他一遍遍读我寄去的信，一遍遍读自己凭记忆抄下的诗，那是人的语言，日记里，他写的，要牢牢记得人的语言，好让自己身上流的，还是人的血。

“为了保持一个完整的结构，他被灭亡了，许许多多人为了不变质，也都灭亡了。但不能因为他们被灭亡了，就说他们没有承受住，恰恰相反，他们确确实实承受住了，正因为承受住了，没有被摧垮，没有变形，他们才消失了。苦涩的一生，没有人想要的苦涩，但同时——圣洁，一枚硬币的两面。我以前没想过这样的词，我知道他是个普通人，直到他离开我越来越久，我越来越多地想起他，他身上的光，也越来越强烈。我知道，那只能是属于圣洁，早在我认识到这一点之前，他就已经是这样的了。”

“所以，这就是代价吗？必须以这样大的代价？真有什么东西值得所谓的牺牲？现在，我连‘牺牲’两个字都厌恶。”晓辉的叹息在另一头飘起来，“我只想活着，好好活着……无论什么形状……”

“不是代价，是选择——为了保有一些东西。他要保持的那些东西，因此不会失去，它们被留住了……他为我保留下了一个人可以有的最完整的样子，在他付出生命的同时完整地保留了。这几十年，我身边出现过很多人——另外一种人，当我还年轻的时候，我也被他们诱惑，有时候出于愤怒、嫉妒甚至仇恨，我也想跟他们那样匍匐着走，遇到障碍就挥出拳头，甚至用牙去咬。可我一动，马上会想到，这不是他的方式，不是他会选择的语言或动作，不是，不是他……于是，我的嘴就张不了，腿也僵了，连手也举不起来。我跟自己说，余桂琴啊，无论到什么时候，你得记得，得像他那样，是一个完整的不缺一点儿的人，他一生做的，他最后为之死掉的，就是这件事啊……他离开，他拼命怀着的留下——分离，然后析出，这就是结晶……他到生命最后一刻怀着的那种相信，那种盼望，仍然在着，在我这儿，也许，以后——也能到你们那儿，但愿……”

那个长长的夜晚，我们不知道谈了几个钟头，我们去的时候月亮正爬上云端，出来时已是初夏的黎明，晨熹微露。

回去的路上，还说了些什么？青春、希冀、生命的幻觉，或者——信仰？记忆中，有千言万语，有晓辉苍白困惑的面孔，有心心以一颗小小拳头握在胸前的蔚蓝云朵，还有他，珍重的、眷恋的眼神。

好像某种告别已在我们之间发生。好像某种永恒正在我们之间开启。

大卫王说，“神给人的年日是七十岁，如果再多——就是神的恩典了。”余桂琴老师离开后，我们几人在一起的时间还剩下了一年零七个月。这最后的和他们度过的时光，超越了每个人可以独自吞下的所有岁月和心灵，因而趋于无限。

心心

“所以，金冬冬，你到底是不爱，还是只是不敢爱，又或者是——别有所爱？”

“我说不清楚，心心。”

“说不清楚没关系，只要你心里明白，不糊涂，自然有一天能说清楚。有的人聊上十分钟、个把小时，就把一辈子的讲完了，可你，金冬冬，你琢磨的、渴望的、看重的，哪是挂钟上那圈数字装得下的？要听见你的心灵，那个人就得慢慢地，花上几年、几十年、一辈子……够吗？也许还不够！”

“心心，没有人能等这么久。交谈，一个钟头、两个钟头，最多一个晚上，没有人会付出几十年、一辈子（进行一场深切的绵长的无穷的倾心交谈）。就算我能交出我的，他还得用同样的时间接过去，对，光是‘接过去’，就够费时间的了。何况我不免会想着，他什么时候可以再这样还我一份……”

“谁说的，我就愿意。我愿意等！”

“唉，心心！你愿意等，不是因为我这颗心值得，而是因为你从不觉得有什么是不值得的。我小时候也能这样，我会在窗户前，对着夜空呼喊一个晚上，又一个晚上，因为书里说，夜深人静时，发出呼——呼呼呼的声音，猫头鹰就会出现，我就每晚在月亮底下，叫着呼——呼呼呼……”

“然后呢？真的出现了，月光里，张着翅膀的猫头鹰，温柔的眼睛，雪片一样滑翔……”

“当然是——什么也没发生！书里是生活在森林深处小木屋里的孩子，而我的窗户，对着剪得整整齐齐的小区花园，还停满了车子。”

“我要是你，我才不会停下来呢！窗户前叫不来，我就往外走，走过整齐的花园，走过一排排汽车，走到那片住着猫头鹰的森林里去，每一个有月亮的天空底下，没准都藏着一只猫头鹰……重要的不是有没有猫头鹰，而是你不能停下呼叫的声音……呼——呼呼呼——这是能变出猫头鹰的声音呵！太神奇了！我要早知道这个，也许，现在有一整座猫头鹰王国……”

心心养着一只背上有三枚黑斑的白猫，她管它也叫

“心心”，所有软软的、毛茸茸的、温暖的东西她都叫它们“心心”，有时候对着晓辉，她也叫他“心心”，对爱极了的任何一样，她都忍不住唤上自己的名字。

“金冬冬，你来得正好，帮我给心心喂点吃的，我来不及了，粥滚了，要赶紧送过去，趁鱼片嫩着，心心正好吃。”

我在脑子转了几个圈，“是要我给小猫喂吃的，你是去医院给晓辉送吃的？”

“对呢对呢，就是我的心心饿了，一晚上没吃东西了！”

“那给心心吃什么？”

“鱼片粥啊！”

“我是说现在家里这只……”

“哦，你开那个罐头，也是鱼肉的……”

她住的地方，很大，很宽敞，离学校不到一站路，一栋不知多少年前造的房子，屋子一间连着一间，到处是黑色的檐廊和木头柱子，每天早上阳光从窗格子里进来，下午进来的是夕阳和晚霞的影子，雨天又到处是水、风，还有叶子。她一个人住。其实她只住一楼最外面一间，通常到屋后面那间厨房就不再往里了，楼梯也不上去，因为到处堆满了东西，谁也走不过去。最多的时候，这里曾同时有五六户人家住着，最后一户几年前才走。每一户搬走时，都留下了点东西，这家留下的是钢丝床，那家是“某年某月某慰问团纪念捐赠”搪瓷盆，87 式军大衣和解放鞋，还有的是铝壳热水瓶，喷的图案是棕榈树下女民兵手握钢枪为革命……

她每天在屋里用碗口大的电饭锅烧一日三餐，给晓辉送好喝的汤，汤要煲超过四个小时，每一滴浮油都撇干净，看上去近乎一碗茶。要像领受圣餐一样，每天预备好它，再从这里送进医院。路上经过车站、银行、电台、自来水厂、邮局，她抱着保温袋里的汤，滚烫的、荡漾的，行在地上，如同行在天上。

“心心，你又守了一晚上，白天就休息吧，今天有奚江守着。”

“我好得很，金冬冬，你猜怎么着？晓辉昨天胃口奇好，我带去的三个菜一个汤，他都吃了！”

“这么说，这次的反应没那么重了？”

“希望是，但才第一天……我还记得上次化疗……治疗有时候比生病都可怕……好像被治疗的不是一个人，好像被病魔缠身，就要人和魔鬼一起打倒在地……”

“生病，真没办法。只求一个活着，其他都……”

“就因为生病，人就不算他自己的了？什么体面、敏感、心灵，都不顾了？晓辉只是生病，只是虚弱，无能为力，他可没亏欠这个世界……”她盯着我的眼睛，“金冬冬，你爱晓辉吗？你可不要摇头，我不能想象有人会不爱他，不管是生病前还是生病后，不爱这样的人，实在是……如果你爱他，你就会知道不爱他是一件多么遗憾、多么伤心的事……我是两个礼拜后，看到你们在募捐才知道的，然后去医院看他，跟好几个同学一起，有我们班的，也有他班上的，呼啦啦一大群。那时候他刚开始治疗，头发也剃了，他就靠在那儿跟每个人说话，说着说着，他有点笑起来，眉头又那样皱着，他眼睛里那种神情一下子打动了我，多少天都抓着我不放，像发烧一样……我每天都在思念、期待、忧愁里度过，还有比这更美好的事吗？我最大的遗憾就是，没能早一点知道他，看见他，爱上他。”

“心心，你那是因为你的心……”

“你呢，你难道不是吗？晓辉和你写的那些诗、那些故事，我每次读都会流泪……”

“不，那是你才有的，一颗强壮的、勇敢的心……”

“可我怎么觉得我比谁都脆弱？今早医院回来，我又哭了一场……你不知道那针管有多粗，他的手臂，是丝绸一样的呀……护士换了几个地方都打不进，说血管太细太脆，不好下针……我气得想骂人，这是他的手臂啊，是他啊，那么柔软、细腻、温存，怎么能当个东西似的评头论足，光说脆不脆、细不细，好不好下针？至少也应该赞美一句，多洁白的手臂，或者，好像维纳斯丢失的那只……”

我们轮流陪伴晓辉，心心则是夜以继日不间断地看护。她投身于不再燃烧的灰烬。别人的爱情以眼泪结束，她却以眼泪开始，并以眼泪持续——以眼泪为引信、为柴薪……她从不畏惧眼泪（以眼泪表达所有不能表达的，包裹所有不能的包裹的，甚至，吞下那些难以吞下的）——她在眼泪里放进了一整个大海，像普希金的大海那样，蔚蓝的，闪着光，有悬崖峭壁、海湾和浪涛的絮语；而大海倒出时，云腾致雨，百川浩荡，沙漠顷刻间成为汪洋。

“金冬冬，这几天，我每天都哭，每天都哭得好伤心啊！很多时候，都不知道自己在哭什么，早上一醒，泪就来了，比我的闹钟还准时。其实不光为了晓辉，我也为自己哭——晓辉不爱我，他到现在还是没能爱我。想到这个，想到如果到最后我都没法让他像我爱他这样，品尝这爱的滋味，我就说不出的难受。他怎么就不爱我呢？我倒爱上了他，多么幸福，多么自私！你说，如果他不能爱我，我还这样享用自己对他的爱，是不是一种罪过？老天怎么不把幸福也赐给他，却只赐给了我？明明不幸的人是他，得到多一份幸福的却是我，这个没遭一点儿厄运的！

“我不该得到这个，对，也许，我不应该爱他！幸福不是无限的，我得到的多了，他的也许就少了，对不对？也许就是我的幸福夺走了他本来可以有的爱……如果可以，我愿意交换，我可以不爱他，只要他能够爱我，或者，像我爱他这样去爱一个人……啊，不，如果他爱上了我，我却只能以不爱来回应，他得多么伤心，伤心得像我现在这样，每天流泪，这怎么可以！不行！我绝不允许自己不爱他……绝不允许……可他呢，他的爱呢？

“昨天晚上，我们又一起看了会儿奥涅金，你还记得奥涅金吗？奥涅金和塔吉娅娜。她爱他的时候，他不爱她，后来他爱上她了，她又不能爱他……他们永远不对，永远反着的，背对着背，不能面孔对着面孔，眼睛对着眼睛，互相迎接对方，哪怕一秒钟……也许正是塔吉娅娜后来转身走了，奥涅金才会爱上她，也许塔吉娅娜式的一往情深永远不可能换回后来那种狂热的爱情——即使这样，我也绝不会背过身去！我会一直迎向他，手臂这样张开，眼睛这样注视，不是雕像，不是一个姿势，而是——无论他什么时候朝向我，或者永远不再朝向我，我都一样对着他，所有的方向对着他，没有角度，没有倾斜，没有折射，永远的赤道。

“我知道，我拥有的大概就是人们常说的那种不幸的爱情，我知道，我必定会失去，甚至永远都不可能获得，可好像正因为这个，我才能这样义无反顾，倾尽全部。真奇怪，在失去和得到，在果实一样充实的痛苦和白云一样空虚的幸福之间，我总毫不犹豫选择前面那个。也许，我注定无法成为一个幸福的人，可明明，我现在已经这样幸福了！”

说到“幸福”二字，她的眼泪再次淌下，眼泪不仅是燃烧的柴与火，也成为她那种幸福的果实，一种只属于塔吉娅娜和心心的幸福。

她蜷坐在椅子里，她的小猫蜷坐在她腿上，她一边哭，一边用手抹眼泪，抹得到处都是，脸上、脖子上全是头发、泪水和醉人的红晕。哭着哭着，不知什么时候，她已走进屋后那间厨房，抽抽搭搭地说：“金冬冬，你想吃什么？我现在好想吃罗宋汤，我要烧一大锅，咱们吃完了，再给晓辉带去，他爱拿这个当消夜。”

她开始切洋葱、番茄和牛肉，不一会儿，酸甜的香味伴着歌声从她的厨房里飘出来：

我弹着吉他阿拉谁来唱
唱出了歌儿阿拉会舒畅
咱们的字典阿拉没忧伤
唱歌的人儿阿拉要坚强
你弹着吉他阿拉我来唱
唱出了歌儿阿拉好舒畅
我唱的歌儿阿拉你也会
知音的人儿阿拉比花香
嘿唷嘿唷嘿嘿唷
风和那云呀阿拉去徜徉
……

“金冬冬，喜欢这支歌儿吗？”歌声和人又飘到跟前，“真希望你跟我一样喜欢这支歌儿！我有好多喜欢的歌儿！我一个人的时候就爱几支歌儿颠来倒去地唱，可以一整天，一支接一支，唱个不停，山里的瀑布那样……除非有人跟我说话……我这张嘴巴，要么说话，要么唱歌，总之，歇不住！吃饭？吃饭更忙，一边扒拉着碗，一边唔唔唔，鼓鼓囊囊，含混不清地说，或者吸溜着汤勺，哼着歌，汤洒了，赶紧跟衣服道歉，跟地板道歉，跟汤汤水水道歉……反正什么都能让它喋喋不休，绵绵不绝……只有亲吻——跟人亲吻的时候，它才肯歇一歇。亲吻时说话或唱歌，不是不可以，只是不礼貌，因为亲吻是跟另一个人，不是跟自己，不是跟空气，不是跟饭菜或汤勺，所以，亲吻时，它就不出声了，它安静下来，像个真正的有教养的孩子。”奇怪，这话在哪儿听过——这是奚江在他的故事里说的，唯一能回报亲吻的只有亲吻本身……好像这会儿他又跟我，用另一个人的嘴巴，说了一遍。

“金冬冬，你喜欢亲吻吗？如果可以的话，我肯定更喜欢亲吻，胜过唱歌，胜过说话……唱歌说话再用力，也没法把那个人整个儿兜住，声音再大也织不成一张网，没法儿像麻袋那样，土豆、南瓜、番薯，管它什么，抄起来往肩上一抡。亲吻就不一样了，脸蛋儿挨着脸蛋儿，嘴儿贴着嘴儿，要说的要唱的，连要想的，都拢在里面了，没一点儿漏出来，没一点儿洒在外面……亲吻是天网恢恢……

“所以我呀，我吻过很多人，现在我还记得第一个，幼儿园被排一个桌吃饭的大脑袋，那时候两个人都拖着鼻涕呢，每天早上，还没到教室，从园门口碰到，就要抱着脑袋亲上好一会儿，好像刚刚那一晚让我们失散了多少年，下午放学，再亲，亲完各自回家，又要失散一晚上（很多年），这一吻得留在身上一直等第二天天亮……后来吻的……二年级那个一分钟跳绳两百二十下的小个子，五年级隔壁班戴眼镜的纪律纠察员，每个礼拜给我带漫画的中队长，海报上梳大分头的郭富城……慢慢就没记那么清啦！对了对了，我告诉你，昨天，我也吻晓辉了，他好像很不情愿我吻他，小鸡啄米似的，轻轻碰一下就缩回去了，好像我的嘴上生着火，他一碰就会烫个大水疱……虽然，它好像真的着火了，现在还热着……”她摸着自己的嘴唇，怀念着那个被敷衍掉的滚烫的吻，又含起了眼泪。

敲门声，我开门，是他。

“奚江，金冬冬前脚到，你后脚就敲门了。我们一盘茶才刚开始！”心心捧着还潮湿的眼睛。

“金冬冬，你现在天天跑这儿了……”

“奇怪！金冬冬不跑我这儿，难道天天跑你那儿去？你们那个 5-433，到处汗脚丫子味儿，去一趟就熏一身。要不是晓辉在，谁稀得去！是吧，金冬冬！”

“不，心心，5-433 倒没有汗脚丫子味儿……”

“就是！我们连续三年的卫生文明宿舍标兵，哪来的汗脚丫子味儿？傍晚，穿堂风一过，闻得到很多植物的香味……”

“奚江，那个是烟和白酒的味吧？”

“呃，金冬冬……是烘烤和发酵的植物……”

“陈年的烟酒味，比汗脚丫子味儿更可恶！所以，金冬冬，我说得没错！那怪味儿你能受得了？我一分钟也不想闻，噫！这会儿我好像闻到了……奚江，你身上的！5-433 的味儿！”

“我是不是这就回去？金冬冬，我一个人回？”

“不，奚江。”我抬头。

“难道你要跟他一起走？”心心看着我。

“不，心心。”我低头，坐下，“我留下，你俩都走。”

“喂！”心心笑了。都笑了。

“好吧，奚江，你坐吧！你坐我这把椅子，我要进厨房看着，我不坐。你从晓辉那儿过来？他今天怎么样，吃得多吗？”

“没吃多少，说嘴巴苦，吃什么都像嚼橡皮。”

“要晓辉吃东西，得像妈妈哄孩子那样，哄一点吃一点。吃饭这事儿，还得我和金冬冬来。”

“再想他多吃点，他就生气，说吃东西这点自由都没有了……这个时候了，还总是随心所欲……”

“说什么呢？”走到厨房门口的心心又回过来。

他还接着说：“……总是对自己这样软弱，他需要锤炼意志力，每个人都要走向那极限地，这条路，对于软弱的人——”

“去你的意志力！你像他那样打进那么多药水，每天吐到苦胆出来，再来跟我说意志力。人生了病，就是软弱的，每个人都会这样，没有力气，没有希望，空虚，寂寞，想家——晓辉没有家，他想哭也找不到一个地方……你是不是觉得，哭也是软弱的？你是永远的强者，你的精神从不向肉体退让，你能坚定地、平静地、不露一丝痛苦地在病床上待一天、两天，还是三天？你想不通我们这些软弱的、可耻的、该鄙视的，为什么总是随随便便被一副重担压着、碾着？可你别忘了，我们同时也承受着它，重担压垮我们的同时，我们也感受着它加于身上的每一寸力。我们没有战胜，也没有逃避，跟黑色的大地，跟压满乌云的天空，跟阴影淹没的月亮一样，沉默、神秘、坚定（属于我们弱者的属性）……”

“呃，心心……”

“别打断我，话还没完——我们周围，真正担负着这样重量的人，很少！但晓辉……整个天空压在他身上，他一个人撑着！阿特拉斯[①]还有赫拉克勒斯替他一会儿，他去拿金苹果，感觉到了松快的滋味。晓辉呢，没人能替上哪怕一秒钟！就算美杜莎[②]的眼睛最后把他变成一座山，他也得那样撑着……今天，人们却鄙视这些沉默的承受者，他们仰慕的是你们这些看上去能战胜一切、获得一切的人！你们躲开不幸、踢走不幸、掐灭不幸，绝不让自己跟不幸沾上一丝联系。不幸——这副重担已被人类整个儿厌弃掉了！弱者因为无法拒绝不幸，逃脱重担，也受到嫌恶。你们只热衷——意志力——听着真像另一个星球的词语，然后是怎么展示自己的强力，自由地、毫无挂碍地——像健美大赛上的运动员，脱光了衣服，还要在肌肉上抹发亮的油！太蠢了！整个儿蠢得不可救药！"

"呃，心心，你说得……实在有点……"

"难道不蠢吗？摆弄两下肌肉，就以为自己是斗士

---

① 阿特拉斯，古希腊神话中的擎天巨神，被宙斯降罪用双肩支撑天空。宙斯之子、大英雄赫拉克勒斯为取金苹果以完成命定的十二项任务时，曾让阿特拉斯帮忙摘取苹果，而他代为背负青天。阿特拉斯拿回金苹果后，不愿再背回天空，赫拉克勒斯骗他要找垫子垫一下肩，又骗得阿特拉斯背回了天空。

② 美杜莎，希腊神话里的蛇发女妖，凡见到她眼睛的人皆会被石化。宙斯之子珀尔修斯除掉美杜莎后，途经阿特拉斯背负苍天处，阿特拉斯请求珀尔修斯拿美杜莎的头给他看一眼，好使他从永恒的苦难中解脱。最后，阿特拉斯化作一道巍峨山脉，相传即今阿特拉斯山。

了？抓上一把剑，就以为自己是侠客了？哈哈！不仅蠢，而且滑稽！可笑！”

“心心，你今天真是有点——可怕！”

“金冬冬，我也以为我能一直保持孩子式的天真、热情，像每天对晓辉那样。现在看来，我可能的确有一个孩子的心，但这个孩子会退回到她童年还没开始的地方，刚出生，被猛烈的光线、干燥的空气、刺耳的人声刺激得哇哇大叫，人们以为是婴儿天真无邪的啼哭，鬼知道里面包含着多少愤怒和不平。总之，孩子比成年人更会生气，更不容易忍受一些东西，我也是这样，就是这样……奚江，你碰了什么？哦，那架手风琴，很老了，我小时候它就搁这儿，不知道谁的，一直想扔……你会弹吗？”

“会。”

“你弹一首！从没人弹过它！你弹……随便哪首，反正再糟糕的琴声，也比人声好。”

琴箱呼啦一声，拉开，像拉开一扇老木门，随后，涌出一个世界，涌出海浪、贝壳，跟着，摇篮、秋千……心心这个愤怒的婴儿，一下子安静了，啼叫和张牙舞爪，被惊讶得张大的嘴巴、圆睁的眼睛、含泪的睫毛和楚楚动人的微笑渐次淹没。她的童年又回来了，在音乐声中，统统回来了。

“天！这是什么？这就是手风琴吗？”

“莫扎特《我失去的时光》。”

“我不能相信！这个笨家伙能发出这样的声音，还是你给它施了什么法术，我一直以为它只能呼哧呼哧响，我努力想象那是风声。”

“它很老了，键也松了，但毕竟，还是一把琴。手风琴什么都可以弹，风声也可以……金冬冬，你想听什么？”

“还是这首，再弹一遍。”

他又弹了一遍。断裂的音符，但可以清晰地感觉到有一个人在里面叹息，重重地。

“金冬冬，我觉得我以前肯定听过这个曲子，也许是大街上，也许是排队等什么的时候，也许是梦里，妈妈哼过的调子里……也许每天、每一刻我都在这样的曲子里度过，我就生活在它里面！但在它被弹出来以前，我从来不知道，也从来没有人告诉我，我一直在度过，同时，又在失去。以前，我只有一面，要么度过，要么失去。度过——是快乐，而失去——令人心碎……《我失去的时光》——这样庄严，这样曲折！所有度过的都是失去，而把所有失去的留下，这就是这音乐，对吗？这是一个真相，不受欢迎的真相，没人愿意说，但它太重要了！你要不知道它，就只会紧紧抓着那些早已失去的，然后永远不知道怎样去度过……好吧，好吧，生命的获得要从离开伊甸园开始，从解除永生，进入有死的人间开始。上帝启动了死，人类才开始生。（没有那死亡的地狱，谁知道自己活着？永生和长眠谁分得清？）——原来，这才是人间，这才是生死轮回，生生不息。”

“是的，心心，我们都在人间，一边拥有，一边失去，一边快乐，一边忧愁，这没有办法，因为人间就是这样。但至少，我们不能一边互相需要，互相难过，一边互相嘲笑，互相责备。好了，现在，我可以走了。”

“啊，不，奚江！呃……我是说，这把琴非常棒，不再多弹一首吗？”

“不了，我想我已经在这里讨厌很久了！”

“不，不！奚江！我收回之前说的一切，我向你道歉，非常大的道歉。在这样的音乐里度过后，难道我们还能分开？我们已一起到神面前见过了，只有我们知道天堂和人间紧紧连着，还有谁比我们更亲？经过这样的音乐，你确定还能一个人回去，重新留我们在这个没有一点音乐和上帝的房间？”她的眼睛里滚着眼泪，“不行，绝对不行！如果你走了，我会永远为我今天的错误后悔，我误解了一颗最不该被误解的心灵！我以为你是狭隘的、自私的，不知疾苦，不通人情，我以为金冬冬对你的看重，是言过其实，连她自己，也不过是你名片一样收集的众多朋友中的一个……”

“你说的，也许不全错，但最后一条——金冬冬从来不是我众多朋友中的一个，她是——某种唯一。”

“那晓辉呢？”

“晓辉也是唯一的。”

“那岂不是说，你那么多的朋友，每个都是唯一的，而且听起来，某种唯一和唯一的，后面那个更重些。”

“晓辉是我众多朋友中唯一的那个，而金冬冬，不在我的任何朋友之列，金冬冬就是金冬冬，她不能归到任何里面，更不能属于什么之列，她的名字，也必须完整地、缓慢地叫出来……某种不可说、不可拆解的一……如果语言能说得清，就不需要我这么多话了……”

“好吧，那金冬冬，你呢？晓辉和奚江，对你来说……”

“心心，人们在彼此之间，都是唯一的。”我缓慢地，痛苦地说。

“那么，哪个更重？”

“心心！”我和奚江同时喊。

“没关系，金冬冬，你的回答可以很长很长，比奚江的更长，比我说过的最聒噪的话还长。因为，我想如果我来回答这个问题，我的句子大概可以用来环抱整个地球。”

“真要说的话……”

“不，金冬冬！现在，我真的得走了！”

他就走了，迅速地，没有说再见，很快消失在暮色里。

但第二天，又见了，第三天、第四天……不用约定，不用等待，每天，一而再，再而三……分开才是异常的，不对劲儿的，而见面，是本能，并且比以往任何时候都要紧迫。本能已经知道，快结束了，快落幕了，本能催促着我们每天都赶着什么，好像要赶到什么东西前面。每个人都预感到了离别，同时又都跳过它，拒绝它，并非刻意，而是——童年，从不在某个时刻戛然而止，它只是慢慢褪色，没有谁能够或愿意说，他正在度过那个最后的夏天。树砍倒了，年轮才露出来，时间——总是事后辨认的。在此之前，我们仍愿静止，或者永恒。

我的确开始注意到他喊我时的方式，金冬冬，金——冬——冬，金——冬冬……缓慢地、拖长地、扬起又抑下，在三个音节的不同位置游移并顿挫。有时，在他说出第一个音节时，我已抬起头，等待他，他在等待很久之后，以一个全新的频率，念出后面两个音节，像一首歌唱到最后，出现一对休止符。

而我，当意识到名字可以作为一种歌唱，留恋，忍受折磨，乃至咀嚼希望的方式，便再也不轻易叫出他的名字，不是不愿，而是，那短促的两个音节，以最慢的速度念出，也无法在舌尖停留超过五秒。我需要的，是永久回荡，否则，宁愿沉寂无声。

心心要我陪她一道去 5-433。她背去了那架手风琴，作为道歉。

他不肯收，一开始，自然是。

“……它不重，也不贵，价格……不知道……这不重要，我是道歉，不，主要是——它适合你……

“是一架很旧很旧的琴……不是古董！没有琴愿意当古董！琴当了古董就不能再有主人了，拥有它的人把它当钞票，当黄金，当股票，就是不再当一把琴。没有人再弹奏它——还活着，就像遗体那样供人瞻仰。但放在我家，更惨，因为除了灰尘，谁也不理它，老鼠都不光顾，作为一把琴，没有比这更可怜的了。

“不是随便打发给你的意思！你看这里、这里，还有这里，多细腻的花纹，这些贝壳，还闪着光泽！当年，它也是亮闪闪的，一尘不染，镜子一样，什么都照得见……

现在落魄了，流落风尘，辗转千里，身段、唱腔都有点儿走了，但终究是个标志的人儿……江州司马青衫湿，你就不动一点儿恻隐之心？哦，不谈美色，换一个，正义凛然的、光明的、你无法拒绝的……小猫小狗？一条没有主人的小猫小狗！看着它四处流浪，食不果腹，你忍心？谁都需要一个主人，不能不闻不问，一直扔那儿，对不对？

“你要不收下，转眼就会后悔！现在就会后悔！我肯定！你这两天做梦都在梦到它，对不对？你在它的键盘上弹出了那样一首歌，《我失去的时光》！你弹了，阿拉丁神灯被擦亮了，那个巨人从里面出来了，你已经是它的主人了。现在它必须一直一直跟着你，直到……直到你再一次，亲手，合上它，重新扔回海底，埋进黑暗……”

最后，当然是，收下。

“心心，你说的是两个故事，被擦亮的那个是阿拉丁神灯，但扔回海底的是另一个，渔夫捞上来的瓶子，他在大海里捞了很久，什么也没有，除了那个被所罗门王封印的瓶子。神灯是祝福，而瓶子，是诅咒……不，我不是害怕诅咒，至少不害怕一把琴的……我怕的，我怕的是，我根本没法成为它的主人，我没法得到它。无论祝福和诅咒，都是在相信，而我，没有这种力量。我拉开它，摇响它，摇一百次、一千次，但始终，它是它，我是我，我没能加上它，它没能加上我，我们之间什么也没发生，不论强烈的、刚硬的，还是冷静的、温柔的，直到它被耗尽，直到我路途的尽头，我仍然不是它的主人，在一起但永远无法连接——最后的结局很可能是这样。到那个时候，我该拿它怎么办？我担心的是这个。所有到我身边的，我都这样担心。奇迹，会在终点来临前发生吗？我不知道，没人知道。”

“哎呀，奚江，这样的担心，没有谁比得上我！那天，我第一次到病房看到晓辉的那天，我永远都记得……金冬冬，我只跟你说了我的喜悦，爱上一个人！‘芝麻开门’，山真的打开了，欢喜得发狂！可另一面，我没说出来，那一面，更大，我不敢说！你不知道，从头到尾我没敢再看他的眼睛，在他跟前待了不到五分钟，我就逃走了。不是害羞，不是怕烧得通红的脸被人发现……我就是——怕他！怕一下子失去，怕一下子把他全部得到！得到！占有！糟糕透顶的词！但第一个冒出来、不断冒出来的，总是它们……一旦开始就再也止不住，太可怕了！碰到什么都变成金子，不管石头、花朵、酒杯……嘴唇碰到面包，碰到水，都变成金子！跑到哪里都没用，你逃不掉你自己，最后只会活活饿死、渴死！奚江，得到比失去更可怕，对不对？全部得到，就更可怕，那等于说，再也没有了，彻底没有了！你一定要让自己忘掉这些词！”

“这太难了！心心，你说的这个太难了！忘掉什么？忘掉你正看着它、握着它、触摸着它，忘掉颜色、气味、温度，忘掉你自己吗？除非，我连回头的话也一起忘掉，‘芝麻开门’，永远忘掉，再也不从山里出去了，永远葬在那儿……不可能！我有很多办法让自己记得，每一个声音都会提醒我，进山里就是要出去的，完好如初地，背上一大袋金子，离开……”

“然后呢，一整座大山留在背后，再也不去看一眼？还是，小心翼翼再去，小心翼翼背另一袋金子回？”

“离开，就不回头了，金冬冬。”

“如果是我，我大概会再想起那座山，余下的时间，终生，不断想起。疟疾一样。唉，与其这样，还不如——”

“葬身山里。”心心接上我的。我们共同完成这四个字。

“金冬冬，有时候，我是说，有的时候，你会不会觉得，只有我和你，我们俩，才是相爱的——那种真正的爱？别的人不懂，也不会。不是我爱你、你也爱我，就是相爱，不是的，锁扣得完全吻合才行。得是同一质地、同一密度、同一重量。他们说‘我爱你’，当然不是不真诚，他们也认为自己在爱，那火焰也可以说是强烈的、灼热的，可怎么说呢，无论他们怎么努力，好像都不对，甚至越努力，越不对……”

“是的，心心！三角形制作得越完美，离圆形越远……”

“对呀，对呀，就是三角形，那些人没见过圆形，就以为这个世界上所有人都是，都是像他们那样的三角形，还把那些三角形当圆形，捧得高高的，天花乱坠。然后我们，我们有时候竟会被他们鄙视、唾弃，因为我们总是这样热烈，无遮无拦，像光身子的人，从热带一下子跑进高寒之地，我们瑟瑟发抖，那些人，那些三角形却一个劲儿地嘲笑我们衣不蔽体。但我们知道，即使我们穿上衣服，也不是因为感到羞耻，只是因为天太冷了。无论从哪个方面看，我们的爱跟他们的，都不一样。”

“心心，其实对我们来说，那样的爱，本身，就是密语，是暗号。”

“对，金冬冬！只要一眼，我们就能认出来，在人群中把我们自己认出来。无数个形状中，圆会自己滚出来。但不是说我们的爱会有某个形状或边界，它是无限的，不断被点燃又不断要去点燃的。我说不好它的样子，也许是一个礼物，生出欢笑的；一卷绷带，包扎伤口的；或者药品，止疼的。总之，它不需要任何地方，不占据任何地方，而且，总是到处寻找愿意接受它的伤口和疼痛。所以，我的痛苦，谁都看得到，就是这礼物送不出去，这样沉甸甸的一份，搁在我这里，搁在我心上，把我压得喘不过气。而你，金冬冬，我也知道你的痛苦，你是觉得自己的礼物太小太轻，拿不出手，觉得你包不了那个伤口，止不住他的疼，你就羞愧地、胆怯地逃了……也许你自己都不知道，但我知道啊，我第一次看到你，我就知道了，我们是一样的，我们的眼睛多像啊，我们伸出手时，那个姿势，都是一模一样的……

“见到你之前，我心里其实怕得要死，因为我不知道，这样冒冒失失闯进你们的世界，会怎么样？我很怕你们把我赶走，不是真的赶，而是一个眼神，要知道，有时候想把一个人摒弃在某个世界之外，一个眼神就足够了。尤其你们那样的世界，那样纯粹、那样浓烈的，一旦接受就是全部，而拒绝也是全部，我太明白了！我觉得，那天我简直就是来接受你们的检验的。可我一看到你，我就惊呆了，我耳边嗡嗡嗡的声音直响，原来，你的眼睛也是这样啊，里面喷薄而出的都是话语，都是——无可名状的渴望。原来我们——都是被折磨的人！我看着你跟我说话，眼睛一闪一闪的，就好像我在看我的眼睛，看我自己。我看见你一上来也惊呆了，很快，那些惊讶，又被一种如释重负的、欢欣的眼神代替了。我就知道，你也看见我了，你从我这儿看见了，一个比镜子里的自己更像自己的人！镜子里的那个没有声音，没有灵魂，而我，我有你没有的声音，有跟你不一样的面孔，不一样的思想，可同时，我们又是一样的，一个模子，不同的颜色。等那天来临，我们一起走到天平上，那天平的一头不会高起，另一头也不会沉下，因为我们的重量，完全一样。”

“不，心心，我比你差远了……我像个逃兵……”

“逃兵？逃什么？逃离爱，逃离痛苦，还是……？”

“不知道……我只知道，你在全身心地爱一个人，你——做到了，而我——没做到……我也一再祈求自己，再多爱一点儿，多爱一会儿，我以为我一直在坚持，苦苦坚持，直到看到你，我才知道，我那么吃力，是因为从来没全心全意，因为一直在保留。我远远不够，我离那个圆，差远了。”

“所以，你……就是那个时候，在看到我的那个时候，你停下来了，不往前走了，你觉得你可以放下了，就像放下一个沉重的包袱。不，不是说晓辉，而是你心里，你把你的这份礼物当成了包袱，把你的爱分化为他的每一个阴郁和痛苦，并想把它们统统背起来，因为你觉得，爱就是要背起包袱……是的，当然是这样，因为我也是这样，我们是一样的。我早说过，我们简直——心心相印！我们按着同一种序列标上过记号！我爱晓辉，因为看到他在病床上，他每一天过得那样痛苦……而你，更早，为他身上那个孤苦的小孩，为他难以摆脱的梦魇般可怕的内心……”

“不，心心，更早……我是说，早在看到你之前，我就在逃跑，或者说，我从来也没有真的向他走过去——我想走过去，又一直走不过去……我只是脆弱……我受不了这样的痛苦，我想制止那个痛苦，就像一个不断流血的伤口，多想替他止住……你说得对，真像一卷绷带，或者一服药，我们希望靠自己，仅仅是自己，就治好他们。可一旦觉得他要把所有痛苦都向我倾倒出来，我又害怕了，害怕伸出手去接，害怕亲手去擦掉鲜血。他把伤口坦露出来，我却躲起来，转过脸去——我是个胆小鬼！我不敢踏进真的森林、真的战场……”

“金冬冬，哦，金冬冬！”她站起来，热烈地望向我，眼睛几乎拥抱了我，“我每回从晓辉那儿伤心透顶地回来，我就会想你，非常地想你。我想看到你，就像现在这样，看着你的眼睛，看着你的脸，因为我知道，这个世界上如果还有人能懂我的话，那就只有你了！只有你愿意听我说话，愿意坐在我身边，跟着我一起掉眼泪，并对我说：不是只有你一个人，我的心也在颤抖，在悲伤，跟你一样。你还老说自己这不够，那不够！可我啊，浑身寒冷的时候，却要靠在你身上，才能重新暖和过来！你不是胆小鬼，真的，如果你胆小，那我又算什么？盲目？狂乱？像一个小孩子，什么都不管，不顾，横冲直撞，以为无论向这个世界要什么，它都会答应？什么是勇敢？什么是胆小？根本没有界限，没人分得清。我只知道，你会在我跑过的每一个路口，亮着灯，生着火，那间暖融融的屋子，我知道进去就可以找到你，我会在那儿被庇护。你那里，一切都是沉稳的、清晰的，而我，只要跟你在一起，就感觉自己也这样沉稳、清晰，像一个孩子正在长大……金冬冬，我碰到晓辉，可有时候，我不知道，这一切是为了让我爱他，还是为了——最后让我碰上你，让我们互相看见。我爱的不是你，你爱的也不是我，但爱，总会发生的——如果我还有一点儿爱自己，我就没法不爱你！只有爱才会认出爱，也只有爱才会怜惜爱，只有我们，才相互理解，相互热爱，真正的热爱……”

“心心，如果这个世界上就我们俩，那该多好，我一定用尽力气，不让你再掉一滴眼泪。我真想你把晓辉忘掉，完全忘掉，就像从来没见过，那样，你会快乐得多……哦，不，也许，没有用，不为这个流泪，也会为别的——你的眼泪不能停下，停下，就是干涸了。心心的眼泪，不只是软弱，也是意志，是痛苦，也是幸福，对吗？”

“是的，是的！你想象不到，不，只有你能想象，我有多么热衷于——去爱。一个人，全部的自己，去爱另一个。像美人鱼那样。我十岁时读到这个故事，就再也忘不了。很多个晚上，我都躺在床上，独自一个人想着她，她救了他，但她不能说，她割下了舌头，她踩在刀尖上，她对他微笑，每一步都滴着血……那个人，什么都不知道……我一遍又一遍地想这个故事，金冬冬，一个人能这样去爱，爱得这么深沉，这么热烈——这不仅是幸福，这是至高的能力。把心捧出来，全部捧出来，不管对面有没有手来接！”

“可是，心心，你从不怀疑吗？从没有一点犹豫，或者担忧？爱，到底是什么？会不会一场热病，烧退了，清醒了，所有的光芒一起消失？会不会把心都掏出来以后，却忘了要送的那个人？会不会那个人真的转过身来，所有的泪洒向你时，你却接不住了？”

“会啊，当然会！可是，金冬冬，疼痛的时候，你能叫它停下来，别疼了，能吗？你也知道疼痛都会过去的啊，也知道痛起来受不了，可痛的时候，还不是那样？疼痛不会因为什么减掉一点点，爱也是这样啊，另一个方向的疼痛……不过，阿司匹林，吃一粒阿司匹林，疼痛就缓解了。爱不行，爱没有缓解的办法。就算有，我也不要！我想你也不会要的，金冬冬！疼痛和爱——苦和甜！不，不是一个苦，另一个甜，而是跟苦和甜——那样剧烈！爱跟疼痛一样剧烈，是不是？而且，一样真实！不止这种感觉本身，它使你自己、使整个世界都那样真实！一个脚指头，有一天痛起来，你才会感觉到，它是那样存在的，疼痛把它整个儿呈现给你了。在这种真实上，疼痛跟爱最像了。还有，疼痛的时候，会流泪；爱的时候，也会流泪。好吧，也许只有我，才总是流泪，一直流……我想，冰山上的雪水往哪儿去呢？就得这样，一直流，一直流！一遍又一遍，冲下来，冲掉泥沙，碎石，冲开间隙，冲出越来越宽阔的、能承受更多的河道。不是河水流下来，就有河在下面等着它，接着它。事实上，从来就没有河啊，金冬冬！只有不停流下来的水！河水是——自己冲出自己，自己形成自己！除了流着的水以外，什么也没有，什么也不是。眼泪，也要这样，一直，流下去……”

我们每晚相聚，不同的时间，不同的地点，不只是5-433或者医院，还有教堂、寺庙、道观。教堂是赭红的尖顶，白色十字架；寺庙是黄色的围墙，大红漆拱门；道观是灰的，灰瓦灰墙灰门楹。自从晓辉生病，我们走遍了这些地方。

冬天，我们在里面，一起仰望那穹顶，高高垒起的石头，数不清颜色的玻璃，无处寻找的那张面孔。手风琴在底下摇，我们迈过台阶，一排排衣衫破旧的人，呜咽的河水淌过脚心，光破掉再落到身上，此刻有些东西开始晃动不安：是不是应该成为这样的存在——空荡、无声，甚至就是消失，因为我们还占着美或别的什么更大的所在。

“第四次化疗了……后面还有三次……”心心的声音很低很低。

“我每天祷告，早晨和晚上……可上帝会不会怪我们？不可拜偶像，不可拜别的神——我们都做了。”我问心心，还有他。

“上帝如果怪，说明他有看到我们。”心心的眼睛看着远处彩色的玻璃，“晓辉那样子……我向上帝，像佛祖，向真人，向一切看得到我们的求援。”

“晓辉他……太难受了……”雾气涌上来，我不知道那是由于心心的眼睛还是由于我的。

“金冬冬，别怕，上帝知道，我们只是到处在找他，到处都找不到，只是这样。”他的手帕递过来，“他不会怪任何人。”

“真的会知道吗？”

“会的会的，就像我知道你一样。”

“你知道没有用！现在，什么都没有用！只有上帝——那儿才有奇迹。可上帝，好像没声儿了，没声儿很久了……”

他的手帕停在半空。我的泪大颗大颗掉出来，像心心一样。我不需要手帕，我需要有个人跟我一起痛哭，额头顶着额头，像晓辉说的那样——抱头痛哭。

他沉默。

“今天早上，我看他连一个简单的呼吸都费尽了力……你知道吗，不管晓辉现在要什么，只要他活着，只要他不那么难受，我的吻、我的爱、我的余生，都可以献给他，或者献给——这个世界。我只要他能再有一点儿力量，不要寒冷，不要疼痛，不要害怕，也不要感到孤单，像他原来那样，甚至像我们一样，可以笑可以哭，可以跑可以跳，可以到处走……”

心心抱着我，也哭。

他沉默。

“怎么才能让他好过一点儿？我得怎么做？我总得做些什么……心心，我羡慕你的眼泪，你的热量，那么大，那么暖，跟你比起来，我只是小小一根火柴，你像火炬一样明亮……可小火柴也有一点火，对不对？你的，加上我的，总比你一个人要再热一点，亮一点儿。哪怕你们都觉得，我不够热，不够亮，但只要给这里面加上一星点儿暖意，那也好啊！”

他紧紧地沉默。

“我知道。我知道了，金冬冬。”

“今天的星星亮这么早！我们上屋顶聊会儿，可以吗？那儿离星星更近。”心心踏进5-433，只比我晚了一刻钟。

“可是这个点，晓辉——可能要睡了？”我犹豫着，又心动。

“不，我睡不着，出院了反而不习惯了。而且，今天头疼得厉害。”

“又头疼了，上一回头疼，给你编的那支歌儿，还记得怎么唱吗？”心心说，“来来来，奚江，你的琴，帮我打拍子。”

他们就开始了。他的手穿过扣带，按下其中三颗键钮，另一只搭住琴键，风箱在他胸前，翅膀一样打开又合拢，声音摇出来了，心心张开嘴，低低的，脆脆的，字符被风摇着，一个接一个，摇到屋顶，摇到星星上面。

“我听过这个，这个调子，在街上或者拐角哪家杂货铺……但我从来没听到过歌词，我没想过它可以唱出来，因为没有人这样唱它——它叫什么名字？你的这支歌儿叫什么名字？”我问。

“我也不知道，我没想过……哇，这儿全是月亮，星星不见了……”

月光下的屋顶像个小小的广场，好像白天刚刚喧闹过，而现在，人散了，空荡荡的，等着我们到来。

热风像浪头一阵阵卷过，不等迈步，已把我们卷到广场中心。

“喷泉！这里有喷泉就好了！”我举起手，轻轻踏出舞步。

“对，水柱从这里出发，一直升，升到月亮那儿。我们走上去，不需要云梯，就能走到月亮上了，”心心踏进我的舞圈，回眸看向他们，“然后，我们在月亮上看着你俩，你们在下面吃饭、走路、说话、睡觉，我们天天看着，你们却不知道。我们在月亮上唱歌、跳舞，你们也一点儿不知道。”

她扬起小小的脑袋，一只手搭着腰，一只手扣在黑蓬蓬的头发后面，身体微微向后倾，好像面前有一个看不见的长长的舞伴，她始终离开他一点小小的距离，提着红色的裙子，踮着脚尖，绕进我的舞步。

热风吹过每个人的脸颊和头顶的光晕。

琴声又响起来，鼓舞的、热烈的、不安的，太阳晃动在河面上，婴儿晃动在竹篮里，心脏晃动在胸膛里。心心开始绕进晓辉的步伐。

“啊，我知道了，金冬冬！这首歌，应该叫美人鱼！那个三百岁的灵魂！这声音，多么像她在海底唱出来的歌。”

“不，心心！我们在月亮上，美人鱼当然也在月亮上，她怎么还会回下面，回那个黑色的海里呢？她所有的歌儿都要从月亮上唱起来啦！”我把心心和晓辉的影子一起绕进自己里面。

“跳完这支舞，我是不是也在月亮上了？”晓辉渐渐跟上我们的节奏，额角渗出汗珠。

“所以，最后就剩我这摇琴的在地上吗？为了把你们摇上月亮，我把自己永远地留在了这里……”

笑声掀起更大的浪头，扑倒了风声和琴声，三个人的脚步绕在一起，继续晃动，继续旋转，一直转到声音缓缓摇出的那扇沉重起伏的翅膀前，我昂起头，迎接他的眼睛，深深的，圆圆的，那里面真安静，什么都看不见。没有美人鱼的黑色大海。

而琴声，持续不断，涨潮一样，淹过广场、喷泉、跳舞的腰肢、美人鱼的歌喉……

礼物

"金冬冬，奚江应该是恋爱了！看来是真的了！知道吗，他最近一直跟一个姑娘在一起，好多人都在说，整个晚上他都在跟一个姑娘跳舞，那姑娘不知道哪儿的，听说不是学生，在什么足疗店。还有还有，昨天，他跟别人打了一架，就为了那姑娘。今天你就能看到，他脸上还青着呢！白天我看到他，就问，奚江，这回你的这个唯一算哪一类的，能拆成几瓣儿？他听了有些发呆，脸色一下子沉了，我不管，就继续说他，都什么年代了，还玩英雄救美的把戏？怎么我们几个天天跟你一块儿的，都没碰到一回？难道足浴小姐的舞就特别些吗？我本来还要再讲下去的，但看他气得很，就住嘴了，赶在他发火前，走掉了。待会儿来了，你看看他会怎么说。"

"你这样说他啊，那他不会来了……他受伤了吗？我们要不去5-433瞧瞧他？"

"不用不用，他一会儿准来。哪个礼拜六，他不跟你后头，按时来我这儿报到？再说，晓辉今天也要来。”

他来了，没有受伤，很干净，额头亮亮的，眼睛也是，一切都很好。而且，还背着那把琴。

“奚江，看来你没受伤嘛！”我看着他。

“伤？哦，那点小伤不算！金冬冬，心心讲的那些，你不能全听。”

“不能听什么？”

“首先不能嘲笑一个在足浴店工作的姑娘，开玩笑——也不可以……不，不是因为可怜，是她们——值得尊敬。她是个可怜又可敬的人，她们——都是。”

“难道不是因为美吗？我听说那个姑娘非常漂亮，身材修长，皮肤又白。”心心盯着他。

“是的，她非常漂亮，丝绒一样柔软，她的眼睛亮得发白，利得几乎刺人，像两丛磷火，被它照过的，都黯淡如黑夜。在这样一双眼睛面前，你会感觉我们的生活——不是幸福，是一种罪恶……”

“所以，就每晚陪她跳舞，为了她跟人打架？”我说。

“只要一点点音乐、一点点笑，就能让她快乐很久……我们乐意爱护一朵花、一幅画、一件新烧的瓷器，为什么，不愿尽力爱护一个柔软的、闪光的人？”他脸上又出现那种凛然的神色，“她从老家逃出来的，丈夫天天打她，她逃出来了，但女儿还在家里，她不敢回去，每个月往家里寄孩子的衣服、食物，但见不到，孩子快五岁了，快不记得妈妈了。她每天从早做到晚，赚的每一分钱都攒着，想有一天，把孩子接到身边……”

“哦，她是一位母亲，而我……我们——不是。”

“不，金冬冬，不能这样区别，甚至不能这样分……不是你、你们，她、她们，而是我们——全部的我们，所有的我们！”

“奚江，你说这话，就好像站到了一座塔上，一尊高尚的雕塑，而我们，落在地上，最矮的灌木丛里，仰头看着你，你就是那个高高的塑像……可即便这样，你也没法要求线不存在，线是分离，但也是轮廓，是塑造，至少我还需要一条线，来确认自己的形状，哪怕因此被你鄙视。”

“鄙视？老天，怎么可能！我的表达可能太糟糕了，但金冬冬……我以为，我一直以为，你是能够正确理解我的。”

“难道我不是一直在理解？有一个故事，好像是这样的，一个人去问另一个人：我们的世界是如何支撑的？另一人说：是八只白象，它们顶着我们的地球。这个人又问：可是，那八只白象站在哪儿？谁支撑它们？另一人说：当然是八只更大的白象……两人一直对话，答案都是更大的白象。这个人实在受不了了，最后问：那么，最底层的八只白象站在哪儿？另一人回答：当然还是八只白象……每一次，都是八只白象，所以，每一次，都重新问，用一个新的问题，重问最开始的问题。不断提问，不断作答，但永远不能使人满足，因为回答里，什么也没有！用一个符号，八只大象，打发一个孩子，敷衍……”

“慢着，慢着！你仔细听，走进里面去——‘八只白象’‘八只更大的白象’‘当然还是八只白象’——这样确信的、无疑义的！绝不是敷衍，不是打发！这里每一声都是真实的，是另一人深思熟虑、全心全意的回答。我的，也是这样，是小心地、千回百转后捧出来的。它们都——贵如鲜血！”

沉默。

“鲜血，多俗气的一个词——你说得，却好像捧出了一颗心！双手像——索取面包和水一样，如饥似渴地捧出！你现在这个样子，真是……光彩照人……不可思议的爱！奚江，我不问了，无论如何，只要是爱，总是好的……就让那八只大象安静地在地球下面待着吧！我只想……听你弹一首新的……我没听过的曲子……”

琴声，一如往昔，而我，我好像一下子，一下子把他送给了什么人，或者送给了爱，或者是那个塔尖的雕像，好像他和我，和我们，和所有人之间，一下子空出了，至少一排椅子的距离。我纠紧的心，因为这个距离，也放宽了，拓深了……

我想说明的一点是，我和他之间，从没有第三个人。但我们的影子，沿着月亮的光传递，从一头到另一头，径直叠成一条长长的线——这是我们之间的道路，从大海深处直到云层之巅。我们从没在这条路上走到过一起。

那些长长的夜晚，我只请求他用这把琴喂养我，像我以前喂养他那样，喋喋不休，无声无息。他不在的时候，我也会思念他，但这思念不是少女对意中人的，不是饥饿时眼睛对着食物，不是身体中软弱的那部分在寻找充实，甚至，也不是溪流涌向大海，溪流太小，而大海太大。这里应是一个圆上面再加一个，一座山前耸起另一座。我与他，一匹马与另一匹马，一个战士与另一个战士，一座堡垒与另一座堡垒，只要在思念中，就会成为和他同质的、相等的事物，而不再拥有自己身上的女性。

我更愿以一种平淡如常的爱取代那种绞索般的痛苦，更愿与他流着同一种血，像亲人那样，不需要热烈的爱恋来征服与被征服。异族之间才需要征服，而我们，应该是同一族，同一血缘，同一机体。所以，我其实理解他为何从不回答，也不愿听到我的，因为我们都不愿——排进队伍。爱情，爱情的唯一也只在它之内有效，爱情本身位于诸多序列之中，而我们，如果非要给对方一个位置，那就最后一个，它表示，根本没去排队，或者，随时走到队列之外。如同你不需要给自己一个号码，如同队伍解散了，你和你自己不散，真正地结为一体。

而代价是——永恒的银河。永不相触的一对翅膀。为了永不分离，为了同时升起、落下、划过同一片田野，我们如此——重新排列了自己。

我至今还留着他给我的那个礼物，一把黄铜做鞘的匕首，刀柄上刻着奇怪的线条，也可能是一种古老的文字。最先看到是在5-433，他的书桌上，我常拿来把玩，后来，它被转移到抽屉里，我每次去都问："奚江，那把刀呢？"

"你找它干吗？"

"切水果。"

他嘟嘟囔囔地把它从上锁的抽屉里取出来，"它不能切水果，刀口钝了。"

“那你给我看看，我不用。”

然后他整个晚上都盯着我，我把匕首攥在手里，颠来倒去，翻来覆去，摸来摸去。他死死地盯着我，好像怕我一个不注意，就把它给吃了、喝了。终于有一天，他说：“金冬冬，我把它送给你了。”

我吓得顿时合上剑鞘，把它送回他手里。“不！”

“我真的送给你了。”

“不，这太可惜了。”

“是你的了，送给你。”

“我不能拿……”

“不是什么值钱的，老早前旧货市场买到的，”他走近我，专注地，郑重地，像某种权杖的交接，“以后，你要好好保管它。”他把匕首安进我手里，好像我的手从此成为这权杖的宝座。

拥有那把匕首后，我做的第一件事也是把它锁进抽屉，像个一不小心占有了他人心爱之物的窃贼，再不敢把赃物拿出来随意赏玩。为了平复我的罪恶感，我回赠他一副手镯，一副白银做的绞丝手镯。这副手镯从我幼年时得到，一直不曾与我分离，它在我身边经历了十几年岁月，我更依赖它而不是使用它。当然，手镯对他毫无用处，但匕首对我也毫无用处，我们只是——同样把最心爱的东西交给对方。

“银的……这么暗……比铜的黑多了。”他嘟嘟囔囔。

“因为它——不一样，它——走过了岁月。它的故事很长，太长了，长到没人有耐心听，它只好一层一层又盖回自己身上，像现在这个样子。”

“譬如？”

“你想听一个？那好，这儿就有一个。她是一位公主，他是邻国的王子，两人素未谋面。公主十六岁时，国王说要为她和那位王子举行婚礼，因为随后他就要出海远征。她不知道，婚礼是假的，国王真正要举行的是一场祭祀，因为神的怒火挡住了海风，使所有准备出征的战船停滞港湾，神谕指示，唯有献上国王最心爱的女儿，远征才能成功。王子率军队来参加远征，发现自己成了这个计划里用以诱骗公主的一枚棋子，高贵的勇士觉得自己有责任，同时也受公主母亲所托，要营救公主。但神谕已经显现，各国将士都等着这场祭祀，等着神的宽恕和祝福，等着扬帆、起航、远征他乡。激动的人群把乱石砸向王子，王子带着几名随从，突出重围，闯进公主帐内。公主第一次见到这个她曾以为的新郎，满面通红，但很快，她平静下来，她向王子诉说她准备婚礼的欢喜，诉说知道自己被献祭的命运后内心的哀戚，但最后，她告诉王子，她愿意去死，愿意去完成自己的命运，不是为了战争或国家，而是为了尊严，因为命运已经到来，逃离——无论以何种理由——都是怯懦的。王子看着公主闪光的眼睛，这一刻，他真的爱上了她，他请求她成为自己真正的新娘，请求她允许自己秘密带走她，一起去生活，获得幸福，哪怕为此付出生命。公主微笑着，从手臂上褪下这个……”

“手镯？”

“对，就是手镯，她把它交给王子，请他不要再为她付出任何代价，因为她已决意把自己给予祭祀的刀刃，决意使祭坛成为自己的婚礼和盛宴，而他，公主呼唤他为高贵的人儿，她最最亲爱的朋友，她请他接受这副银镯，把它送给未来的新娘，她将以洒下的血护佑他今生所有的幸福……”

“后来呢？公主……”

“后来，公主走上了圣坛，独自一人，圣坛由鲜花铺成……海风吹起来，战船起锚，王子带着这副手镯，踏上他的远征……”

“王子……”

“王子当然是——战死疆场……他战斗到最后一刻，长矛穿过他的身体，他轰隆隆倒下，大地也一起颤抖……

他和公主在死亡中再次结合——两个才见面，没来得及告白就分开的灵魂，在死亡的那一刻，拥有了共同的命运……王子也这样，完成了他的一生……”

“哦，这个故事……现在，我不觉得它是黑黑的了……”

“不，它的确是黑黑的。以后，你要把它戴在你心爱的姑娘手上，那个能燃烧你的姑娘，她的手腕是重新煅炼它的烈火，一定能让黑色的岁月重新褪去……”

告别，还是从这儿开始了，不论我是否承认。一副手镯携带祝福，也预言离别。人们总在分别时，互赠礼物，其实，是互赠礼物，离别才正式开始。我们以礼物代替自己，因为没法交出更完整深刻的自己，没法交出时间、微笑、命运，于是，交出了礼物。以礼物欺骗自己，掩盖自己，实现永不分离的野心。分离是句号，而礼物——省略号，不断撞开那扇关上的门，不断从我这儿跑向他，再从他那儿跑向我，哪怕我们已在各自的岸边。

所以，也许我不该回赠他那副手镯……一百年前，人们告别以折柳纪念，除这一百年外，人们一直这么做，因为柳枝会枯萎，会死去，同时，又总是生长，一枝生出千万支，所以它是祝福，是允诺，是未来和绵延的思念……如果我早一点懂得，我也一定会赠以折柳……从此，柳枝青处，都是他，柳枝折不尽，他的故事也无尽。长亭外异乡人折下的那枝是他，霸桥边歌女们折下的那枝是他，扬子江头渡江人折下的也是他，还有玉门关外伴笛声吹响的，李白、王维、所有诗人唱过的，都是他，所有的远行，所有的故乡，所有的思想，都是他。

除了礼物（把我们双方都蒙蔽的礼物），我们之间再未进行一项有关告别的动作。每个人都以为会再一次回转，从四个人，到三个人，到两个人，到最后，剩我一个，每一个被目送的背影和倚在门口目送背影离开的，都这样以为。直到某一天，街上空空如也，你也倚着门口，但这是一个动作，不再是眼神和等待，你发现，再没有人转过身来了。

第一个背影是晓辉。这是我们做了长久准备的一场注目礼，但晓辉最后一次跟我们一起的那个晚上，一直没有醒。他在我们身旁躺着，身上插满管子，好像他才是那个通道，这个世界不知道要从他那儿通向何方。直到最后，这个被大量寒冷和阴影重压的青年也没说一个字，他应该是在某个更早的时候，我们还不知道的时候，先一步离开了。他等待那个最后的时间很久了。尽管最后一次入院前，都没忘了填上实验册上最后几个数据，期末九门功课大考，也一科没落，但我们知道，那是因为没有其他更好的走向那里的方式。

我们不在时，他在枕头底下的那些札记里，不可抑制地咒骂死亡，又召唤它，用虚弱的笔迹在每一页皱巴巴的纸里写：“请马上离开，否则，就迅速集结！我怨恨交加，那些阴影再次浓聚，死亡——在队伍最前列……”如果我们在身边，他又好多了，至少大部分时候平平整整的，有的时刻还颇为舒展，尽管外人眼里，那仍是一张冷漠的无动于衷的脸。他就这样舒展或者冷漠地，跟我们讨论死后埋葬的地点。

火葬，是现在唯一的方式，出生到死亡，所有能统一的地方都统一过了，人们留下的唯一自由是那捧骨灰，晓辉要求我们把他的骨灰一半由他舅舅带回家乡，那里还有他的一些亲族，另一半由我们撒进学校后面那条通往长江的河。河附近有一座亭子，叫“沧浪亭”，叫了快一千年，但那条河，却不叫“沧浪河”，我们一直叫它“学校那条河”。它大概没有名字。河水东面被高楼遮挡，看不见太阳升起，唯落日的余晖每天照耀，水面平稳如镜，光也被收在河底，但河水始终流淌。先抵达运河，而后长江，最后大海。

我们曾长时间在河边漫步，我也曾在那水边聆听晓辉的声音。有一次，我坐在亭子里，他给我读一首以为希腊诸神为题的诗，我心里挂念第二天上午科目考试，诗的结尾，以诸神的名字显示，读到德墨忒尔，我脱口而出地莫西泮，读到珀尔塞福涅，我又说吡那地尔，随后，阿尔忒弥斯——阿托伐他汀，克洛诺斯——卡替洛尔，赫尔墨斯——后马托品，神的名字被一一缀上药名。诸神与药物各自占据心灵平行的两端。这是永不能相合的两端，我们一起念出，或者说我们试图将两者结合时，就发现它们断裂的本质，截然对立的位置。他意识到这一痛苦，在那之后，更为缄默。

但河仍是诱人的，特别是我们几个一起漫步的时候，左边是晓辉、河水，右边是奚江、树荫，中间是我，我夹在他们以及漫天席地的谈话中间，把一个人的话吞下，吐出，又把另一个人的嚼碎，融化。河水环绕过来，无数带翅膀的精灵从树上，水上，泥土里飞出，宙斯化形的巨牛驮着腓尼基少女劈开地中海的波涛，我们也被什么簇拥着，抛掷着，填充着。“我们日用的饮食，今日请赐给我们”，这里不用祈求，就日日饱食，饕餮不止，甚至为了容纳更多，而逐渐消灭自身，直到留存一对耳朵、一双眼睛，直到阖眼躺在互相编织的摇篮，直到摇篮漂向摩西的尼罗河还要远的地方。

但那个夜晚，左边的位置空缺了，代替的是胸前抱着的一罐骨灰，还有晓辉清醒时再三的叮嘱：不要在早晨，一定要日落以后，首先学校那条河看不见朝阳；其次，我也只要落日，落日之后才是深黑的睡眠。他渴望长眠，最后那些时间，他不再希冀除此以外的任何奇迹，复活的奇迹只有基督那样强韧的心可以承受，他选择深埋谷底，以便痛苦跟他一起埋葬。晓辉死在午夜十二点，我觉得这个时刻是他意志的主动选择，太阳坠进最深处，距地表最远的地球另一端——他停在这一刻，停在与其幽暗、深邃的本质最接近之地，这样，他就与黑夜全然重合。他为黑夜加上了自己。从此，黑夜更黑，幽深更深，沉痛更重。时间被阴影丰腴，心灵也在死亡里痊愈。

我们于是也选择在夜里，午夜的河水，属于晓辉的正确时刻。

谁都没有哭泣，连心心都没有。晓辉在我们手掌间的最后一次触觉，令人铭记，那种敛容危坐、不可再破碎的质地，使我们沉默，又安宁。它们一点点从指缝里散开，被风卷向水面，卷向潮湿的泥土、叶尖，也卷向我们自己。如果可以，我愿意永久留存那些苦涩的粉末，在我自身内嵌入它们，或者熔炼成钻石，终身佩戴。

“金冬冬，我走后，替我多照顾心心。”

“不要说傻话，我照顾不了她。”

“她是最难熬过去的，所以你……”

“我会跟她一起哭，会比她还脆弱，还痛苦，你想象不了的痛苦，你在下面也会觉得内疚。”

“我们要从来没遇到过，就好了，从没见面，从不知道对方，日子一样地过，两条流畅的平行线。”

“还是傻话，我们已经认识四年零六个月了……这个数字会一直变大……”

“四年零六个月……我没算过，因为时间，不在我这儿。”

现在好了，时间——永远地，到他那儿去了。

锻
铸

“我知道他不在这儿，我去过很多地方了，他都不在……这里，他也不在，我知道的……可这张床，我没想到……这样空着……”她喃喃了一会儿，忽然又惊醒似的，“几点了？”

“两点，心心。离天亮，还有好一会儿。”我把窗帘拉起来，遮住外面的路灯，“校门锁了，你睡一会吧，天一亮，我们就送你回去。”

“不，我不是要知道这个，我想的是，时间会停在哪儿？我想的是，现在，可不可以，用手，像转轮盘一样，把一整条河转回去？把大海里的水倒出去？把一切打翻，回头，重头来过？哪怕一样的事再发生一遍，又一遍，总归还在发生，还在！可以吗，金冬冬？可以吗，奚江？”

“会过去的，心心，总会过去的……”

我想上前去，把她抱在怀里，就像我也想被一个人抱那样。然后，奚江上前去，他那样做了，他替我做了。替我拥抱她，或者替晓辉。他为她擦眼泪，但眼泪越擦越多，她痛哭起来。她在他怀里，蜷作一团，瑟缩得像一块手帕，而他的双臂，翅膀一样的双臂，轻轻合拢了。

“我还有很多话，很多很多话，没说……没来得及……再见都没说，一个字都没说……奚江，你替他听，好不好？替他听我把话讲完……我不想再哭下去了，因为说不好，所以我只能哭……我想把眼泪换成一个一个字，把眼泪都说出来，从哪儿说起，从第一次去医院看他，还是……第一天上课，或者更早，开学报到……我还不认识他，只看到报名簿上我自己的名字，他的名字在哪一本，哪一行，怎么写，我都不知道，可就从那时候起，我们踩进了同一个地方，我们将要相遇，他撞上那个厄运，我撞上他……现在，一切都没了，好的坏的，绝望，希望，忧心忡忡，欢天喜地，统统没了……这几年，一下子，全空了……以后，也是空的，到处都是空的……

“我不想……我不想睡过去……不想一觉醒来，时间就到头了……我这样自私，你看，我明知道他很痛苦，明知道他不愿意继续了，可还想拖住他，把他拖在痛苦里……痛苦，至少还是在的，是有的，对不对……而且那么强烈的在，那么强烈的有……他怎么就这样不要了呢？我拉不住他，谁也拉不住他……可我明明还在，我的心还在！有时候，我坐在黑暗里，想他，有那么一瞬，我简直出乎意料的快乐！可转眼，时间就回到现在了。现在——是没有他，看不到他的。现在——把他一下子挖走了，一个空洞……

“昨天，我走在马路上，叶子掉光了，阳光直愣愣地扑在我身上，我抑制不住地——又哭了。明亮的阳光、空气、露水，还有微风，鸟鸣，都会让我哭……到了晚上，我也哭……我宁可哭，也不想睡下去，因为睡了总会醒来，睁开眼睛，天就亮了啊，又过去了一天！那个洞又大了！后面还会越来越大！我离他越来越远，我会被这个洞完全占掉，被一点点挖掉，挖光了，但还在这个洞里……我会长成这个洞……”

“会好的，一切都会好的，我们每个人……都会好起来……”他合拢的翅膀，像探入井底打捞的绳索，颤抖，冰凉，筋疲力尽。

“太难了！奚江！这些都太难了！每一秒钟，滴——答，这么一下，就是一座山，又大又黑，一座接着一座，我爬过不去啊，爬完一座还有一座……而且，我为什么要爬过去？山那边，什么也没有，除了山，还是山！这一秒过去了，下一秒还是！没有尽头！我想一直待在这边，山的这边，这些山为什么不挡住我，或者就把我压在下面……齐天大圣被压了五百年，五百年后他还是上路了，而我，我只想一直被压在山底，压得死死的，不能动弹……”

心心哭着哭着，睡着了，我还在房间里，他像一个抱着孩子入睡的父亲，像跟服苦役者一同坐进了深坑，一动不动。我们默默坐着，天还没亮。

“金冬冬，你现在——好吗？”

“我不知道，我……你呢？”

“我……我好像一直没想过他，真奇怪，晓辉离开后，我就再也没想过他……梦里，也没有……我每天睡了——起来，起来了——再睡。时间怎样往前，我也怎样往前，好像另一根时针，一格格、一圈圈，把时间走掉，用笔——把日子划掉，好像晓辉已经……”

“……已经带在我们身上了，他的阴郁，童年，恐惧，那些孤独、寒冷的夜晚，没有回声，他自言自语，时而狂喜时而囚犯一样自我禁锢的生活，都在我们身上了。”我接住他皱起来的痛苦，说下去，“连那张病床、白色的被单、消毒药水、针眼、引流管，也一起搬到了我们身上。我们不动声色地走路，一步一步，因为我们知道，已经满了，一不小心，它就会翻出来，翻出来就不知道是什么样子了，没有人接手，没有人能收拾……所以，要加倍小心，要笔直地，端正地，走下去……”

“金冬冬，你就是这样过的吗，每一天？”

“我不知道，我其实不是很明白这一切，我只是想替你把那些话说出来……而我，大部分时候，我一点儿也弄不明白这个世界，不明白死是什么、活着又是什么……我们这样就是活着，对吗？晓辉他，就是死了，消失了？可区别在哪里，这两者区别在哪里？我们还醒着，他不用再醒了，我们还要吃饭、喝水，他不要了，就这样吗？此外，还有什么呢……你告诉我，多告诉我一些！我好像有点失去辨别它们的能力了……活着或死去，真有那么大的差别吗？如果我们现在、此刻，也死去，又会丧失些什么呢？死去，什么也不丧失。只有活着，会不断丧失，日复一日，直到赤贫，直到约等于死亡……所以，奚江，你会不会觉得，活着是多余的，多余的一件事？因为你还得排队，等着走进去，到死里面去……一路上，好长的队伍啊，其实都死了，可还在排队，还没轮到……”

“不，金冬冬，我们要活着，好好活着。我不会安慰人，不知道怎么安慰你，我自己也从来不安慰自己。因为做一个人，就是要——忍受痛苦，不管离死亡是一里还是一千里，只要还活着，那就好好活下去。晓辉死了，他的力气已经用尽了，但我们——还没有，我们还有力气，那就扛下去，木头还没有成灰烬，那就一直烧下去……最后——是的，会烧完，会熄灭，动不了，一个接一个，被吞光……那又怎样？狼不管怎么喂，还是要盯着森林的，死亡就是永不餍足，没有人能填满它。可我们难道就要走过去喂它，一动不动，献牲一样，连自己还活着的部分一起献上？所以，第一件事，绝对不要跟它和解，跟它和解，就是在剥夺自己的力量，就是真的让一个人永远不再……

“我不去怀念晓辉，我不想他，因为我一直没有接受！为什么要接受？我永远没法说，好了，晓辉，你安息吧，我们去走我们的路，你就此长眠。没有，我没有这样想过，一刻也没有！不应该就这样接受一个死，甚至不应该承认它。不服从于它，不被它欺骗，这才正确的报复！相信我，金冬冬，活着不是多余的事，死亡才是！而且是扭曲的、违反一切的，是肢解，是剥夺，哪怕最正常的死，都是非正常的。所以，绝不要让生变成它的一部分，要翻过身来，摁倒它，让它被生拽着走，让它成为生的一部分，无止境的，不断延伸，永不结束……”

“奚江，我没有那么大的力气……我的火，也越来越少，现在更少了，所有剩下的攒起来，也不够点燃一块木头……”

“金冬冬，还记得我们第一次见面吗？也是我们三个人第一次碰上……你的脑袋乱蓬蓬的，辫子也乱蓬蓬的，从门口伸进来。那天，我靠窗户边，背着光，在暗影里，你看不清我，一开始甚至没发现我，我看你却看得很清楚，你穿着绿裙子、绿鞋子，像一棵树，最上面却是红红的脸颊……我从没见过那样红的脸颊，世界上最红的脸颊，在一棵树顶上燃烧，我当时就惊叹，在心里惊叹，这是企图把一片森林都燃烧殆尽的脸颊……你当然会匮乏，再多的火你也觉得不够，因为你需要点燃的不是一块木头，而是一整片森林……你从那片最大的森林里搬过来，你搬了一整座森林过来……你在预备一场熊熊烈火……当时我就想告诉你，但直到今天，我才说……今天，那个红红脸颊的女孩去哪儿了？我一直想跟她说，我再也没见过比她更红的脸颊，长在一棵树上，绿色树冠上的，红色的云——火烧云，夏天的傍晚才有的……那不止烧掉一片森林，整个天空都会被点着……”

“红脸颊——是因为那天太热，我在太阳下走了一个小时，才走到5-433……你试过在高温下走路吗，或者劳动，所有的血液都会涌上脸膛，对，就是这个词——脸膛，一个熊熊燃烧的灶膛，四处窜火苗的膛腔……”

“没错，脸膛——原来如此，我怎么没想到？藏火种的绝佳地……所以，你的眼睛，总是这样严肃。看守火种，或者盗取火种，普罗米修斯的眼睛，必须极其严肃。

因为你们捧出的，不是金子，也不是血，不是心脏，是火——蜿蜒不止，随时会熄灭的，真正的稀有之物。”

“普罗米修斯……他的火是为了增加，给人类加上更多，生出更多，而我的，我的拜火教，有时候想着——扫荡一切……你不知道，我曾经想过——烧掉这个世界。简单地说，是对世界的希望和失望——如果没法拯救，就只有烧掉它。烈火是最干净的东西，灰烬——新烧出来的，也是。但现在，你看到了，没有火，灰烬也都在泥里……除了晓辉的，唯一干净的，没埋进土里去的……奚江，如果有一天我也死了，你记得，不用烧掉我，就让那些没法燃烧的木头，那片废弃的森林，直接把我埋葬……反正，都是埋葬，最后……”

又一个漫长的夜晚。他什么时候离开的？四点？五点？我不知道，醒来时已经天亮，心心还睡着，泪结在睫毛上、脸上。我在另一张床上睡着了，5-433 仅有的两张床。他去了哪里？在我睡着后，他走进哪一种黑夜，看到了哪一种黎明，等待他和我的又分别会是哪一种生活？那天，我醒来，独坐良久，但想象不出一点儿。

门再次打开，外面还是早晨，他又出现在眼前，好像不止隔了一夜，不止几个小时，而是一个世纪，上百年以前了，他穿过一整个世纪，再次回到这里。大地经历一场鏖战，剩他一个。他头发上带着灰色的露水，或是未化的晨霜，我们好像，又一次，重新见面。

他带来了新出炉的面包和雪白的牛奶。

心心坐着没动，眼睛肿着，好像没全醒。我接过来。他又掏出一包，递给心心。

“唔，南瓜子……奚江，我最爱吃这个……只要是瓜子，不管哪种，西瓜子、葵花子，我都吃，杨梅啊、杏啊，里面的子我也一定要咬开来，有的甜，有的涩，碰运气……可最好吃的还是南瓜子，一头尖尖，一头圆圆，像不像我的名字——心心，一颗心？”心心接过来，拿起一粒，搁进嘴巴，一咬，眼泪下来了，“这心，一咬，就破了，里面掉出来，又一颗……青青的，还没热，就冷掉了……我咽不下……”

“那不吃这个，心心！吃面包，我们吃面包！”我把面包塞进她怀里。

“不，我不饿……一点儿不饿……我做了个梦，很多断裂的雕像，断裂的十字路，还有一面接一面断裂的墙，到处灰蒙蒙的，又姹紫嫣红，天是透明的，蓝莹莹的，像一块宝石……我四处看，一个人都没有……我知道是个梦，我拼命闭着眼睛，向前跑，拉着一只很大的手。一路上我都不肯放开那只手，那只梦里的手——是梦的手吗？它要飞起来，我知道它要飞上那个蓝莹莹的天上去，那是一对翅膀，但我紧紧拽着，它就还是一只手。有个声音断断续续地，说‘继续’‘继续’……是谁在说？不知道……我一直跑，我知道我拉着那只手，也许是反过来，那只手拉着我……这个梦，真好啊！魂牵梦绕，多准确的词！现在我还被它裹着……这个梦，有这个梦就够了，我不用食物，不用被子，不用屋顶，只要它不散掉，我就不饿，也不冷了，永远不……”

“不需要，不需要这个梦，也不需要再拉着他，心心！我们来聊一聊晓辉，好好地，彻彻底底地……”他不顾我惊恐的眼神，说下去，“你以前说过，无论是赫拉克勒斯，还是金苹果都帮不了他。你说得对，这些对他都没用。没有人能接下他的重负——不是没有这样的人，是谁也接不到，谁也解不下。你明白吗，心心？晓辉他——满身负荷，不是为了卸下，是为了——不再需要。他和他的重担是在一起的，相互结合的那种在一起！就像一个船长，不是驾船的——船长，是人和船一起、不可分的、整个儿的——船长。不是船长、船，是船—船长相融合、重新铸造。重担是他驾驭着的船，也是载着他的船……不，不能叫重担，重担是一种物质，在自身之外，他担负的却在他之内，是一种质地，或者，就是重量。所以，他也不是担负着重量，而是到达、实现——那种重量。他和他的重量是完整的，或者，他自己就是重量！而你，你两手空空，却一直痴痴地在等着这份重量……是的，你需要他，需要这份重量，需要这样拉着他，需要感觉到自己还活着，就像你在梦中，在梦的空气中，在梦的混乱和浓烈中——那是你熟悉的世界。一面墙，可以用尽力气去投掷爱，一面雕像，祷告和哭泣，还有十字路口，拐进一个决绝的方向。晓辉对你的意义，就是这样——山谷的回声，水面上光的反射，从镜子里看到的你自己。你通过他而存在，借由他的眼睛，捏出自己的样子，甚至从他那儿才回得去自己身上……现在，晓辉走了，你失去的是他，也是你自己。他的死像一间屋子，把你隔绝了，你被隔绝在这里——在原地。使你痛苦的是这个！”

她不说话，呆呆看着他。

“心心，晓辉死的时候，什么话也没说，声音都没有，他就是，喘了两口气，很深地叹气那样，像是——终于跟什么合上了，锁咔嗒一声，关好……也许不是关，是打开——打开那个世界！对！就是——每到夜深时，都有人忍不住想把脚踏一踏进去的地方，每个在谷底的人都忍不住要想象，要思索，又拼命抗拒的地方！我……我也向往过！那么亮，到处是光，被光照亮的天空，大海，还有风一样拂过的群山……但我们，毕竟还是在这个世界上！我们的天空和他的，这一回，彻底分开。我知道，你肝肠寸断，甚至苦难，因为你留在了这个世界，所有的爱和火焰会闷在这里，慢慢熄灭，或者扔进巨大的虚空，不留一点儿回声……但对于他，仍是值得庆祝的。通过抛弃，抛弃现在，抛弃我们的围绕，抛弃被所有人充满的心，他得到了，彻底得到。他挣脱了双手，进到另一个秩序。毁灭式的降临——谁都没有经历过的……不，不能叫毁灭！什么是毁灭？什么又能被毁灭？谁能说他就懂得这一切？”

“是毁灭！奚江，我知道，我自己就是——我已经被毁灭了……现在我一点儿捡不起自己来，很多天了……我只想着……只想着再看他一眼，”她一遍遍摩挲着床单，绿格子的、薄薄的床单，好像要从里面看出那张面孔来，“哪怕血淌光，心脏衰竭，汞柱一下超过刻度，当场炸掉、碎掉，我也愿意……太难受了，我就想再看他一眼……墙上那道裂缝还在，那个蜘蛛网一个月前就在，现在也还在……这里的每一样，我都清楚，那么清楚，好像就是等着有一天把它们都失去……现在，我很怕一个人待着，以前一点儿不怕的。现在，只要一个人在屋里，我就没法站也没法坐，从墙的这边走到那边，再到这边，这么走来走去，巴掌大的一块地方——像一个囚犯！不，囚犯在墙上杠掉一天，就少一天，囚犯有一个目标，一个终点，我——我没有！不是没有终点，是没有日子……我有一个感觉，十年后、二十年后，我还在这间屋子里，墙上有了更多的裂缝，更多的蜘蛛网、霉斑，大块大块往下掉着墙皮，我就跟这屋子一样衰老、斑驳，而且也还是孤零零一个……”

“你错了，这不是毁灭，这只是梦——梦的破灭。破灭和毁灭，是两种——你混淆了不同的空气，甚至是以一种培育另一种，让另一种从里面生出来。心心，从晓辉生病开始，或者说，从我们认识他的那天开始，就应该意识到，他跟我们是反过来的：他害怕已知的生，害怕所有在场物，而我们怕死，怕未知，怕即将到来的。他的死去，更是：他打开，我们被关上，他被扭转，静止，我们——继续，继续！毁灭是相反物不断增大、入侵，生长则是同质者前行。但毁灭本身，也是生长出来的，种子早在那儿，准备着一切，直到那个黎明，翻天覆地。没有什么挡得住它们，毁灭的顽强性在于，它甚至可以跟你的梦长在一块儿，跟你的梦一块儿长大，由你滋养，抚育。像树根长进了房子，把房子撑破，把房子当泥土，缠住它，碎掉它，吸收它，让房子一直不倒，一直这样碎下去。什么是毁灭？这才是毁灭，真正的，万劫不复。”

“我逃得掉吗？”她喃喃地，好像在听，又没听。

“没事的，心心，你会很好……梦会破，镜子也会打碎，但除此以外，一切都是好的，你在，我们也在，这个世界——还在，甚至晓辉——晓辉也在。只要离开那个碎掉的房子，离开断裂的墙、雕像和十字路，毁灭就不会长进你身体里。你不需要成为泥土，不需要去营养毁灭本身……”

“真的逃得掉吗？”她打了个寒战，忽然站起来，用力甩了甩肩膀，像要甩掉什么，又像背上了什么：“不行，我不要想下去了！就这样，不要时间，不要日子，在上面压一块墓碑，死死压住，谁也出不来，谁也进不去。你们不用担心！日子被结成块，结成疙瘩，结成石头，就不会再变！它们一起压着我，或者我背着它们，这样的日子也是永恒的，跟墓碑一样日晒雨淋，毫发无伤……好得很，压在山里了，心满意足……”

她吞下一口面包，含着泪，像吞下一座山。

我们重新走在校园里，林荫道、图书馆、沧浪亭，还有那条河。位置变了，不是晓辉、奚江、金冬冬，现在，只有奚江、金冬冬和心心。奚江走在晓辉的位置上，我补上他空出的位置，心心走在我们中间。

她用她的一只手分别挽着我们，因为忧伤、因为虚弱，她比以往任何时候都更紧地靠向我们，好像她的爱情也挽在了我们各自的手上。

应该说，直到她最后离开我们，这沉甸甸的爱都还挂在我们手臂上。至今，我的这只胳膊仍不能灵活地举起，有时候，我不得不把它搁在胸口，心脏的那个位置，靠着我的整个肋骨，托住它。

“告诉你一个好消息，我被录取了……就是那家……晓辉住的医院……”

“真的……心心……太好了……”

“是的，金冬冬，我会在那里做一名护士……继续……”

“什么时候的事？”

“才接到通知，下个礼拜报到……”

“好快！奚江还不知道吧！他也开始实习了，碰头不容易……”

“他知道，他早就知道了，就是他叫我去考的……他有一双有力的手！他的手，能够把我从死亡里、从墓碑里，拉出来……哦，对，结果他还不知道，没来得及跟他说……昨天，我太兴奋了！本来是要告诉他的……”

“昨天？”

“是的，昨天……昨天下午，傍晚，我们又走到沧浪亭那儿了。我抬起头，到处是夕阳，瓦片上，河上，树上，都是。然后，我第一次发现，他的眼睛是灰色的，鸽子的羽毛，毛茸茸的灰色……我只知道晓辉是褐色的，我还以为每一个人的眼睛都一样，都是褐色的。我说，我的天，你哪儿来的？难道跟我们不是同一种人？我真是惊呆了，好像一觉醒来，窗户打开着，我看见了天空！你相信吗，金冬冬，一个人的眼睛里真的可以装下天空，而且是全部！也许到夜里，这双眼睛又会变得接近褐色，褐色来自大地，而灰色，是天空，只要天还亮着，哪怕一小片，都会染进他的眼睛，所有深的浅的灰，像山脉一样起伏，层峦叠嶂……不，不是蓝色，蓝色是盖在眼睛上的一层翳，是障碍和幻觉，大风刮起来以后，你再看，天穹底部就是灰色——铺满海底的沉渣，比冲上岸的沙更均匀更坚硬，它们构成最后的颜色……

“对了，对了，他说他的父亲也有一对灰色眼睛，他们祖上大概都是灰色的眼睛，我觉得我好像触及了一个庞大的灰眼睛家族。他说有一天，如果有机会，他会跟我讲他父亲和祖父的故事。我觉得那应该是一个非常遥远的故事，也许还很沉重，因为灰色，就很沉重，来自天空的灰色，更重了。所有的传说里，能背起天空的那些，不管是神、人，还是动物，都需要非凡的力气……你知道他怎么吻人的吗？那么重，那么重，好像我是一头大象……”

她叽里咕噜说个不停，好像还在梦里，好像重新看见世界，重新睁开眼睛，重新拥有语言。但说来说去，都是他，他的眼睛、他的头发，还有天空、大海……连说话的语气、方式，都成了他的。一种毫不掩饰的爱，不是再一次地，是重新，从头开始，爱一个人和一个世界——天真无邪，撒豆成兵，盘古开天辟地的第一天。

我从没试过去问他和心心的关系，他也没有向我讲过。

很多次，我们一起走很远的路，转很多趟车，11 路转 2 号线，再转 3 路……颠簸的公车，起伏的人潮，他就在我身边，那么近，白色衬衫的袖口，低低地咳嗽，好像伸出一根手指，我们就能触到彼此。但我伸不出手，我的手掌总是不能跟他的相合，巨大的斧凿般的感情在我们之间立下了界碑。一幅巨大的画面前，你不得不远远地后退，不是走开，是为了——看清楚，为了不在眼睛里漏掉它的一丝一毫，也不遮挡一丝一毫……

触摸在触摸到的这一刻就停止了。欧律狄刻永远不能在俄耳甫斯身后伸出手去，除非伸出的那只手，足以穿过整个地狱，直抵太阳底下跳动的心脏。这是她在冥界跟随俄耳甫斯的唯一方式，是保护他们之间那条共同通道的秘语，是命运。

这一次，我当然知道，我们俩都知道，仍然是——靠近。在界碑的两边再一次合拢。长长的道路上向对方跨出最后一步。心心在我们中间，代替横亘在我们之间的那些，重新把我们分开，并同时，把我们填补。我们间不可能嵌合的那些缝隙，我们出于对激情的渴望和怯懦、自动出让的那段距离，现在被完全充满。她的吻、她柔软的小小的身体，如榫头，如斧柄，一头拢住我，一头合上他——在打碎和断裂过后，我们，又一次，锻铸成整体。

“金冬冬，你看，这副手套……奚江的手，要再大一点儿吧？”

“他的手……我没注意过……他的手，多大？”

“至少比你的大一半。你真是……难道你从不注意他穿什么、戴什么？”

“他反正——是穿衣服。”

“那脚呢？鞋子？他鞋子穿几码，你更不知道咯？”

“不知道。”

“你是不是连他抽什么牌子的烟、喝哪种口味的酒，也不知道？”

“不知道。对了，有一次他喝醉了，脑袋搁椅子背上就睡着了，大伙儿挨个儿在他脸上画猫咪。第二天，他顶着一脑袋动物园，进了教室。”

“好吧，脑袋！你一向只跟对方的脑袋交往。金冬冬，你现在，闭上眼睛……好，回答我，奚江戴眼镜吗？”

“戴的……但，不戴，好像，也对……”

“我的天，你连他的脑袋都看不见……你每天看见的都是什么？有几个人像你这样只是一双眼睛？”

“我们都是一双眼睛，两只，心心。”

“金冬冬，你这个傻瓜！我是说，就剩一双眼睛，下面什么也没有……奚江，来来来，正好，我也问你，你知道金冬冬爱吃甜的还是辣的，最讨厌什么颜色，上礼拜补了几颗牙……好吧，好吧，你们俩都是没形状的隐形人，就剩个大袍子在空中飘啊飘……多可怜啊，你们！幸好，不是只有你们俩——幸好，还有我！你们的形状、颜色、质量，都在我这儿，我给你们完完整整地收着！有三角形的：三棱镜一样坚硬脆亮，在阳光下五光十色，好像彩虹一样发光——世界这样就有颜色了。而在这之前，到处是空白的。三角形说明的是——你们给世界生出色彩。正方形：是武士，肩膀像山一样耸着，胸前银光闪闪，那是佩剑和盾牌的地方。金冬冬，你不说话的时候，就接近这样一座山，笨重的、敦厚的，生了根的。奚江则是行动的时候，最接近它，越是火急火燎，越是千头万绪，属于方形独有的威严和庄重在他身上越明显，就好比山羊在危岩上腾挪跳跃更自如，狮子捕食时四肢更舒展。还有圆形：我这儿存得最多的就是它了，你俩一说话、一眨眼，它就跟孩子的笑似的，咯咯咯淌个不停。如果尝一口——呀！甜滋滋的，糖球一样，在你舌头上滴溜溜打转……所有这些，都属于你们——都是我知道的、深爱的你们！你们在我这儿，可不是空荡荡的，不是风一样，来过就没有了的……我印下了你们每一个样子……”

我脑海中浮现的，是一张硕大无朋的印蓝纸，我们的四肢和心灵都印了上去，深的、浅的、高的、低的、规则的和不规则的。在我面前的，是一个有收集癖的女巫，一个能撒下金粉、令万物显形的女巫。一时间到处坑坑洼洼、残缺不全，我们仿佛走进一片喀斯特地貌的平原，大块形状各异的山峰迎面而来，行进间颇有些趺趺撞撞，因为踏入处并非虚无，我们身处的是被水流蚀穿的海一样巨大的岩层深处。史前，在那些流水到来前，所有的空隙都将被碳酸盐颗粒填满。

“还是缺的……”我踌躇地说。

“缺什么？”

“缺了你自己的，心心，你忘了你自己的形状。”

“我的……我的不应该在你们那儿吗？啊？你们这两个，浑浑噩噩的——隐形人！你们把我忘了！你们把我……变成了那个没形状的……”

我躲开她追过来要打的手，笑着：“不，心心。我这儿，还留着你的一双眼睛。”

那是三月，河边长出了新的枝条，流水声一路往下。

“好像又是春天了！走这么一会儿，我就满头大汗。”

“嗯，春天来了！心心！”

“我还以为，再也不会有了……”她看看我，又转头看看奚江，深深叹一口气，“没想到，还有……这样的春天……还剩多少呀……”

“就一个，心心！一直是那个春天，它——回来了。”

“回来了？”

“对，不是又一个春天，是同一个春天，回来了！我们的时间，回来了，心心！”

“奚江，你在哄我！”她咯咯咯笑起来，“不过，我喜欢这样！真希望能相信啊，什么都会回来！春天、花儿、太阳、星星，会回来……整个地球、太阳系、银河，都会回来，转回来……除了人……除了……晓辉……”

“心心……”

“你们，不用这样看着我……我已经很久没有想起晓辉了。因为一颗心就这么大，我忙着爱你，奚江！还有你，金冬冬！我自顾不暇！”她再次深深叹气，“同时，爱两个人，就把我填满了！加上晓辉，就是三个……水坝被抽空，又重新灌满了——我简直要溢出来了！我的心，现在这么大，这么满，可以把我整个人浮上来……我还是很重，这我知道，但现在，我每天走在太阳下面，走在马路上，我的脚步总是轻飘飘的，就好像一直被你们托着、举着，我的脚不用碰地，就在走，在水面上走，在云堆里走……好像我在天上，爱着你们……看，那边！天上！云在飘……”

“唔……那好像一个人的灵魂……心心，美人鱼就是这样飘上去的吧？”

“金冬冬，也许是她的灵魂，在向我们走来……”

“啊，再飘下去，那云要没了，像烟一样，飘向四处，飘散了……心心，她来不及走到我们这儿了！”

“那跑过去，我们跑过去……奚江，不要那样看着我们！不要觉得我们傻！在原地等，等着云过来，等着河水被填满，那才傻！不管赶不赶得到，赶到哪里，水总要流出去，手要这样，伸出去！奚江，要知道，我的世界，就是这样！爱就是我——爱——你，不是你们来爱，不是任何别的人来爱，它必须是、也只能是——我来爱，是我去爱你们，然后，我才能活过来……一个动词，真正的动词，主动的，永远往外走的，走到它自己之外，很远的远方……"

"心心，你真的决定了吗？"

"行李都打好了，奚江。"

"你今天才说……为什么不早点告诉我们？"

"我不想说。"

"你一直瞒着，瞒到出发前一天，前一刻，还是要，一直瞒下去？如果不是我知道了，你还不会说吧？你现在——也好像什么事都没发生。"

"奚江，不是这样的……"

"那是怎样的？"

"为什么一定要说？为什么我要把痛苦说出来？越早说，越提前给你们痛苦。你们给了我所有可能的快乐，所有的……而我，回报你们痛苦……本来，应该我一个人，就够了……"

"你父母知道了吗？"

“他们知道我在工作，金冬冬。我也的确是在——工作。我原来以为我是救人，但在病房待一个月，你就知道——是工作。心脏跳动，是为了输送血液，输送血液，是为了双手——准确注射。机器接上电源，不是为了产热的，是为了转动。热量是损耗，是浪费。”

“你一个人去？”

“不，还有几个人，都是比我经验更足的老护士。我们会一直在一起。”

“要多久？”

“不知道，金冬冬，也许过了这个夏天，也许更久……谁也不知道什么时候结束……”

“会有人来换你们吗？”我问。

“不知道，我们已经是第四组了，医院是不是还抽得出第五组、第六组……已经倒下去了几个，谁都不说，不让说，封锁着……我一进去，也就被锁了——四道门，每一道都消毒，封起来，跟病毒一道封里面，囚犯一样……我见不着你们，你们见不着我，直到——没人知道到什么时候……无期徒刑！”

“那为什么还去？”

“为什么去？不是我选择的，我没想去，但我不去，那就别的人——总得有人……不是这个就是那个……我知道，我撑不过一个月，不到一个月，就会闷死，发狂……我会逃出去，砸破门、玻璃窗，逃出去——然后，所有人开始找我，抓捕我，因为身上带着病毒……哈哈，我成了死神，或者，埃里倪斯[①]，所过之处，都沾上毒液……”

“心心，你别去，哪儿也别去！”

“来不及了，金冬冬，我已经要去了……好了！别管这些，现在，忘了这事！现在，我是健康的，无害的，跟往常一样的，我们的时间也跟往常一样——让我们还是一样度过！今天，至少今天不要有一点儿改变，不管还能活多久，今天不会再来——这样的日子，不会再来……”

应该是那一天，她就已预感到了最后，如敏锐的动物预感大地要震裂，预感暴雨降临，预感将被捕杀。她迅速接受了一切，并同时，扔掉了它们。把石头扔到身后，扔到泥土里，它们摇摇晃晃站起来，仍跟在她身后。而她，不回头去看。

第二天，她送给我们一人一本《一千零一夜》。童年

① 埃里倪斯，古希腊神话里的复仇女神，浑身流淌毒液，被沾染者将饱受折磨和苦难。

时没读完的书，雪白的封皮，飞毯和神灯都画在上面，还有一个魁梧的、黝黑的魔鬼。

“这么厚一本啊，心心！到你回来，都看不完……”

“奚江，你可能一个晚上就看完了。里面的故事，没有一个像美人鱼那样，让人悲伤，好人、坏人，每一个都是坚硬的。其实，我更想送的是《一千零一日》[①]。《一千零一夜》是夜里的故事，山鲁佐德在夜幕降临后才开始讲故事，而《一千零一日》，是白天讲的故事，不管什么时候打开，它亮着的都是白天的光，夜明珠吸附了日光，再放进黑夜里，所以，它是真的日光，黑夜里也能相信的白天。可是，这书没有了，到处都没有。我自己那本也弄丢了！如果你们看到，不管在哪儿，旧书摊还是二手店，记得买一本，帮我也买一本，好让我跟你们一样，看得见日光……”

“那这本，就只有月亮和星星了……白天剩下的光……”

“嗯，月亮和星星，但不是白天剩下的。夜里本来就

---

① 《一千零一日》，与《一千零一夜》同为阿拉伯古典名著，讲克什米尔公主被一阵风吹到一个草原上，与一青年男子一见钟情，未及交谈，又一阵风来，她已回到宫中花园。公主从此不饮不食，只有老奶妈每日来讲故事给她听，才有生存的希望和意愿。一千零一日后，故事讲完，公主与那青年男子也终得团圆。

没光，夜里，月亮和星星就是全部了，金冬冬。”

“你也带上了吗，心心？”

“不，不能带。带进去了，带出不来，要被消毒，或者，销毁，就地销毁。”

“这个呢，笔记本，也不带？稿纸……”我拿起一沓新的、一点儿墨痕都没有的雪白的稿纸，“带上吧，哪怕写下来，再被销毁……”

“不带，一张都不带。”她注视着它们，一会儿，像被照痛了眼睛，好像它们已经沾上了日光，她承受不住似的，把头转过去，“我就这样，一个人去。”

第三天，她拉我们喝酒，在河边席地而坐，金色的酒，一杯接一杯，像地心的岩浆又舀了出来，带着引力。第四天，还是河边，她唱歌，一首接一首，歌声里有酒和日光的味道，我们观看，专注极了，以至于他忘了伴奏，而我，忘了舞步。

还有一天，是在病房，她工作的地方。她坐在一张病床前，一个瘦瘦小小的年轻人坐在被子里，背靠着枕头，一双手合拢着，小心翼翼放在被面蓝色的条纹上。

“金冬冬，你来了！我的病人，我在读书给他听。”

“什么书？”

“里尔克的传记。”

“会喜欢听吗，这个？”

“喜欢极了！我们上个礼拜才开始读，很厚。我们是跳着读的，但也很棒，是吧，小林？”

“我喜欢他写的那些信……”年轻人嗫嗫地说。

“二十七岁前的里尔克，不过一个平常的抒情诗人。早年的他，可是够自恋的，后来也没好多少，只不过，他的自我本身扩大了，非常的大，到达天空和海洋。所以，里尔克的诗，很困难，早期的浪漫、轻飘，价值有限，后来的，又远离人类和陆地……”

“小林，这是金冬冬，我最好的朋友，她也写诗，写过很多，当然最后，她应该还是会去做一名医生，心理医生，专门治疗人的精神。只不过，小林，现在她可能认为，只有她这样一个写诗的人，才能懂里尔克呢！金冬冬，小林读过《图像集》之后所有的里尔克，他最喜欢的杜伊诺哀歌，每天都读，早上和晚上，祈祷词一样地读。”

“不，我……我不懂他的语言，只能读中文，德语翻过来的，减少了的……”

“那有什么要紧，小林！可惜我没法现在就叫你朗读一段，现在读，那是表演，表演是远离。只有每天早晨和傍晚，你读，那是祈祷，真正的诗。金冬冬，你没听过他朗读里尔克，不然，你就会承认，至少我们三个人中，他是最靠近里尔克的。”

“不，这个……是我和里尔克得了同一种病，血液……我们的血液靠近……”

“是心灵靠近，小林！”

年轻人灰扑扑的脸上泛起红光，“呃，我还想多听些他在杜伊诺[①]的事……杜伊诺——他后来有再回去那儿吗？”一双圆圆的眼睛认真看着她。

“杜伊诺在战火中毁了，杜伊诺只是开端，最初的受孕，还有伯格，还有穆佐[②]……三座城堡连成一个子宫，持续不断地孕育……”她也认真地，一字一句地回答。

---

① 1912年，里尔克受友人邀请，前往亚德里亚海滨的杜伊诺城堡做客，居住期间开始创作组诗《杜伊诺哀歌》。整部《杜伊诺哀歌》由十首哀歌组成，历时十年完成，是里尔克一生最重要的作品和使命。

② 里尔克在杜伊诺城堡完成《杜伊诺哀歌》的前两首及部分片段后，一战爆发，诗人创作中断，辗转多地寻找可以重新开始创作的居所。1920年，他先隐居于伯格城堡，1921年发现了穆佐，一个位于瑞士瓦莱州的小城堡。定居穆佐的次年二月，诗人灵感迸发，于短短数周完成了等待十年之久的《杜伊诺哀歌》全部组诗的创作。

强盗

确切的日期，她一直不说，我们不知道她哪天出发。

相较于迎面而上，她呈现的并非是勇气，但也绝不是掩耳盗铃、自欺欺人。她拥有另一种力量，持续的、巨大的，且仍旧是岩石般的战斗力。一个敏感的人，比普通人更易被灾难控制，其全部身心将被重新塑造。风刮过，草必低伏，这是烙印。地震来临前，狗狂吠，也是烙印，死亡在地面烙出其自身形象之一。敏感者捕捉周遭一切，也为周遭一切所捕获——看见网罟，陷入泥潭，甚至，以自身为石，承受刀戮。挣扎也一并献上，成为被捕获的一部分。一切根源，都在于此。痛苦和力量都来自于此。

第一封邮件，很短，像电报：到了，想你们。

后面的，断断续续，像呓语，以至于第一封，成了标题。

3 月 12 日

金冬冬，我进来了，已经开始工作。这里很远，离你们很远，一栋孤零零的建筑，有十几层，每层六个房间，几十个病人和我们几个医生、护士。除了新的感染者、药品和生活物资，什么都不会过来。昨天，我向窗外的天空看了十二次，一只鸟也没有，这儿，鸟儿都不来。

我不怕死，真的。但这种隔绝，我怕。现在，我很想你，金冬冬，也想奚江，想晓辉，现在，好像只有我一个人在墓地里，而你们，你们都在外面。你们是在人间，在天空、树木、小鸟、河水的中间，够了！这就够了！还有什么可说的呢！千言万语——只要想到这一切，想到我们弹过的琴、跳过的舞，想到我也曾在你们用羽翼搭建的人间待过，我就不停地流泪。我拥有记忆，是为了折磨自己，同时，也是为了拯救……

你们还在等着我吗？

3 月 19 日

今天，我这儿三月十九，你们那儿也是三月十九，对吗？我们的日子，还是一样的。因为时间，时间是没法被隔绝的。在所有忧愁里，我唯一的安慰。

每个房间都挂着钟，很远就能看到，我越来越喜欢它们，每天要看很多次。每个房间里每只钟面上每一颗锈斑，我都一清二楚。还记得去年生日，你送我的那只手表吗？我真高兴把它带来了。现在，它就放在枕头底下，脑袋一躺上去，滴答滴答，它们一直在走，泉水声，雨声，甚至下雪，都没有这样美妙。

这声音让我确定，我还在跟你们一起生活。

3 月 27 日

防护服以外的时间，越来越短。两层隔离衣，两层防护衣，还有手套、口鼻罩、目镜、耳罩，每一个动作，包括说话、呼吸，都在盔甲下——世界上最小的监狱，量身打造的，并且，正在长进我的身体，成为我的皮肤、我的眼睛、我的手指。

幸好，你看不见我，要不然——金冬冬，我怕你会看见一个满身盔甲的怪物，而且，不会再流泪了。

今天来了两个新病人，一直哭，扒着门不肯进，说只要进来就出不去。我看着他们，忽然很害怕，不是因为他们的话，不是因为出不去，而是我一点儿感觉不到他们。他们在哭，那么大的眼泪，可我心里什么也没有，好像他们是布景，装在透明幕布后面，或者是我在这幕布之后。我和他们隔那么远，远到其中一部分不是真的。

我想，如果不是他们不真实，不是世界不真实，那么，就是我在忘记那些真实的东西。这是真正的隔绝，金冬冬，死亡会从这里开始……

4 月 7 日

金冬冬，还记得小林吗？小林也被送进来了。我吓坏了，头一天进来，他还能走路，但整个人都变了，脸上什么表情也没有，像一层蜡，眼珠也固定在眼眶里，一动不动。被感染的人都会这样，先是眼周，再口轮匝肌，咬肌，表情一点点消失，最后，一副面具……但小林……我没想到变化会这样可怕……在我面前的那个人已经不是他了，病毒让身体解体之前，就先让灵魂解体了……我几乎没认出他，他也没认出我。但他还留有一些理智和记忆，他身上还带着一本里尔克，也许他现在就靠这些在维持自己——我没敢给他读里尔克，如果读的话，他也许会认出我。我不敢！每次走进那间病房，我都会发抖！

4 月 10 日

小林进展非常快，第二天下午，不到四十八小时，他就站不起来了。傍晚，我给他上了氧气，他已经没力气挪动自己了，后面他的呼吸会越来越困难，整个人会成为一只皮口袋，就用来收进和放出空气……金冬冬，有时候，我的绝望就在这里，为什么身体越是虚弱，就越显出强力，到最后，完全被身体占领！一个人，除了心、肝、肺、肾，一个又一个器官，什么都不剩，什么都不是了！

4月14日

白天的时候，我给小林念了一段俄耳甫斯，里尔克的俄耳甫斯，他听不清楚，我凑到他耳边，用尽了力气，我不知道他听不听得见。他已经昏迷好几天了。我害怕他要上呼吸机，这是我最害怕的事。现在有三个病人上了呼吸机，每次操作，都害怕极了，一到夜里就做噩梦。不知道为什么我对这个越来越困难，学生时，这项操作考我从来满分，但现在……也许我怕的是那些噩梦，梦里那些喉管，切开的筋膜，黑色的米粒大小的虫子从里面飞出来，一刻不停地飞，那些虫子，慢慢变大，比老鹰还大，比老虎还大，直到把整个人吞了进去……

但小林，不该被吞掉。

4月17日

小林又醒过来了。晚上，我给他重读了第十哀歌，我跟他说，这是里尔克到穆佐的第二年春天写的，七、八、

九、十哀歌和俄耳甫斯，都在那几天完成，飓风一样不可思议，我还读了里尔克当时写给朋友的信，“我体内每一根纤维，每一个组织都哗啦啦地响。但现在它存在了。是的。它存在。”他罩着氧气，没法说一个字，但我知道，他认出我了，他的眼睛一直看着我，跟以前一样，闪啊闪。

如果晓辉也能这样，从昏迷中醒过来，听见我对他说话，或者就这样看着我，哪怕就一次，就一小会儿，那该多好啊！

4 月 21 日

我有点发烧，不能排除被感染，昨天开始住进观察间隔离，在三楼，就我一个人。脱掉防护服，世界一下子变大了，但不是自由，是空荡荡的，好像整个世界悬空了。离开那层厚厚的盔甲，我发现自己出奇的孤独。原来，我怕的不是被隔离，我怕的只是孤独，是除我以外，一个人也没有。

金冬冬，给我电话吧，让我听到你们的声音，不，电话只能传来一个人的声音，写信吧，写在纸上，两个人的话写在同一张信纸上，这样，是同时接到你们两个人的声音，同时有两份欢乐，同时，三个人一起交谈。一切还像以前那样。这是我跟世界唯一的联系，也是全部的世界。

写吧，求你，别忘了！

4 月 23 日

我有种奇怪的感觉，好像我已经死了，现在是作为一个死去的人，在未来的某个地方，给你写信。我多想你们啊，不管天堂还是地狱，都会使我更加想念你们。又到晚上了，我难受得很，越到晚上，就越难受，我的肺要炸开一样，我常常想，我要活不到早上了。但在这之前，我还得努力跟你说话，要不然，在还没死之前，我就彻底死掉了。

我曾经在你们手上重新活过来，本来，我已经死了，但你们一起把我拉了回来。现在，我又离开了你们，泰坦们被凌空拔起，离开了地母的胸膛，怎么能够不再次耗竭呢？连呼吸，我都不再拥有跟你们一样的空气。

你们给我的记忆，稀薄了。

4 月 25 日

我哭了，读到信的这一天，我一直在哭。我太久没哭了，真是欢畅啊，好像下雨，好像决堤，好像爆破！以前的泪，我不知道是怎样来的，它们一直就在那儿，所以，我流泪，但从没感觉过它们。现在，我知道了，泪是这样的，从干涸的、阻塞的、荒芜的，到不顾一切，到漫山遍野！我又回到了从前，我看到自己本来的样子。真感谢——今天，更感谢送信给我的那个人。今天，你和奚江的信同时到达，我把它们同时铺开，铺开在枕头边，跟那只手表一起，它们将一直陪着我，一刻也不分离——我的脑袋，现在已经离不开枕头了。

大地绿草如茵。而我，不在里面。我知道，我在你们的眼睛、裂开的牙齿和嘴唇里。我不愿散尽我的忧伤，也是因为，在里面，我可以更清晰地看见你们的样子。

还有，那个你们说过会永远回来的春天，我将在天空的蔚蓝和明亮里看见它。

5 月 5 日

今天，我想起一首很久以前读过的诗，我不记得是谁写的了，也不记得它的题目，但我记得里面每一个字，好像这些字不知道哪天织进了我里面，而且镶着金线，现在正在那儿闪闪发光。

也许我真正相信的是针管，是酒精，是药水——也不算相信，可能只是因为它们摸得到，在我还结实的时候，我更愿跟那些同样结实的东西相碰。而诗，太虚弱了，再结实的诗也不过一阵流水，全部倒下来也冲不掉我一根头发。我读诗，是因为晓辉，知道里尔克也是因为晓辉，晓辉最后留给我的，就是几本他一直看的里尔克，我翻开那些书，是为了重新触摸他，那是唯一可触的形式。

但不管杜伊诺哀歌还是俄耳甫斯，我从没有真正相信过。金冬冬，相信——你懂这个词吗？要整个儿扔进去，拆散，焚烧，化成另一个。我不敢就这样献给一首诗，或者献给空虚。我相信的只是晓辉，只是你们，我愿意为之献出的，也是。

直到今天以前，我的脑海里出现这首诗以前，我仍然觉得我是不需要诗的，仍然觉得那里面都是扁平的、游离的、漂浮无根的，直到这首诗——不是被我想起，是在我身上出现。真的，我第一次有这样奇怪的感觉，对一首诗。明明是我读到的，是另一个人的，却好像完全是我自己，是我的声音、我的血液、我的心脏——眼睛和霞光同时被照射，我被重新创造……

我好像又靠近些了，那个地方、那个人。这就是诗的力量吗，或者是相信？是把一个人变成另一个，把一些东西融化，或者宽恕，再把另一些加进来，建造。

我举起如此长久地
低垂的双手。

我将空荡荡的双手
伸向空荡荡的黑窗子，
伸向钟表子夜的
敲击。——我想
回家！就这样：低下头
——走出塔楼！——回家！
不是踏着广场的鹅卵石：
而是迎着絮语和簌簌声……
某个年轻的战士为我
铺设一个台阶。

当然，就最底下、最原始的那个我而言，并没有诗中那么多激烈的、要冲出来的自我，如果需要，我也愿意一直在塔楼里，只要可以继续去爱，一直去爱。我想，我并不介意永远流浪，或者囚禁。但如果我死了，记得，你们可以这样来再次想起我。

因为，我只是——回家。

以上，是三月至五月心心的全部邮件。还有最后我们收到的短信，一个问句："外面还是春天吗，也许，快夏天了吧？窗户里什么也看不见。"第二个，还是问句："灯还亮着，但太阳已经升起，现在是白昼了，我的忧伤会跟夜一样散尽吗？”此后，就是沉默，长长的沉默，直到这两个问句，成为告别。

我真想让我们的故事就在这里结束，我不想再重述她的死亡。我的记忆，还停在那个春天，2003 年三月，柳絮飞舞，河水初涨，我们在树下，把酒倒入两只杯子和一只碗，为春天又一次回到大地，举杯共饮。那是最后一次三个人坐在一起，最后一次，欢谈、歌唱，至东方既白。此后，一年又一年，河水在每年春天，重新漫上来，我们的时光，再未重新回来。

但有一点，我必须纠正，她并非不辞而别。恰恰相反，她一直在跟我们告别，从晓辉离开后，她就开始了这项工作。因为晓辉从没有向我们告别，他在我们面前走掉，列车减速，再减速，忽然不动了——没有一点儿声响，就整个儿不动了。这种走掉，带着欺骗，小偷偷走了钱包，只要没被发现，你都以为钱包还在。“那个在那儿，还会一直在下去”，这是幻觉，也是存在。人们不原谅小偷，却愿意原谅这种欺骗，因为其本质，只是怯懦，甚至是温柔，真相一旦说出，就是剥夺，是先行斩断。

但她说出了。

一种残忍的方式，因为无法忍受，不得不用另一种来矫正，哪怕另一种更残忍——前者是小偷，而后者，是强盗。

强盗令人恐怖，但恐怖并非其目的，强盗真正的目的是把财物从拥有者那儿彻底剥夺。她从我们里面夺走了她自己，在命运这个强盗把她夺走之前，她预先把自己夺走。她的手法是轻柔的、循序渐进的，然而也无比坚决。有时候，我愿意将之称为一项工作，因为极为艰难，反复捶打同一个受力点，每次推同一块石头上山，她持之以恒，投入了巨大的毅力和决心。她最后给我们发的信，口述的，一位同事帮她录下来，她已经听不见声音，一些简单的词汇也咬不准发音，她靠记忆校准，每一个音节都发得特别轻柔，好像她仍在心里听见自己说话，好像我们就将因此看到同样轻柔的文字。

她的身体在死去当天焚烧，隔离区临时建的焚烧炉，几个同事抬着她，举行了一个简单的仪式。

得知她消失以及怎样消失的那个瞬间，我一下子接受了全部——没有惊奇，没有伤心，也没有软弱。死亡是整个儿消失，我第一次意识到这点。她是完整的、安详的、毫发无伤，我们也是。从来，她不在我们里面，她在外面，不是我们投出去的眼睛和自我，不是四肢向外延伸的一部分。她在另一块地上，独立的、滚圆的、锦上添的花，补天时多出来一块石头。是放在我们手上，暂时寄养的，我们托着那个孩子把手高高伸出水面，孩子被接走了，而我们的手，空了。

至于奚江，我们还保持着之前的样子，他在他的位置上，我在我的位置上，我们之间填满的那一块也在，只是，现在是作为空缺填在那儿。重击之后跟石头一样硬的东西留了下来，我们用跟石头一样硬的躯体承接同样硬的空缺。一块再不会被剜掉的形状。

我们走路，也像抬着一个什么东西在走，两个人揣着同一个秘密。

“奚江，原来你的眼睛真的是灰色……”

“灰色……”

“不止眼睛，还有头发，头发也是灰色。”

“也许还有鼻子……”

“不，是真的，灰头发灰眼睛，以前……以前我还不信……太神奇了！是因为今天的阳光吗，把你照亮了？”

“那明天的阳光，会不会又把我照回去？”

“……确切地说，是灰褐色，灰色，带着一点点褐，嗯，就是这样。”

“我到底是什么样子，金冬冬，你真的确定吗？”他问，声音略带担忧。

“就是这样，现在我完全清楚了……”

“会不会还有其他地方，你也没看清，有一天，你又在阳光下看到它们，另一个样子？会不会，我根本不是你想的那样，我整个人，不止眼睛、头发，你都看错了？”他的声音里闪出那种熟悉的痛苦，“我有点害怕再跟你到阳光下，总有一天，你会失望的，总有一天阳光会使我一无遗漏，使我消失，或者，再也改变不了什么……”

“不，就这样，不再变了，奚江，你的眼睛——不是你家族的灰眼睛吗？你说过，你的父亲、祖父都是灰眼睛，对不对？”

“说过吗？我忘了。是的，关于灰眼睛，有个故事，很久以前，大人们讲的，哄我入睡时就讲。你听我讲过吗，那个故事？”

“没有。”

“那好，让我想一想，看能不能讲出来。其实那不算我们家的故事，只是一个传说，但这个传说从没在书里或别的人那儿听到，它好像只在我的家族里流传，久而久之，好像就是我独有的往事了。说很久以前啊，咳咳，故事总是这样开头的，不管多久以前的人们，只要讲故事，就总在他们的很久以前……所以，就是很久以前那些人的很久以前，在那个村庄，在梦一样灰色山岩的最高处，天堑之上，来了一个异乡人，他带来各种新奇玩意儿，也带来一样闻所未闻、见所未见的东西——颜色。在此以前，人们只知道一个颜色，更确切地说，是不知道有颜色，人们以为所有的事物都是同一的，他们的眼睛和大脑还不会区分阳光本身，不会辨别物体除它们所占有的空间以外更多的差异。异乡人说天是蓝色的。人们问蓝色是什么？蓝色是湖水的颜色。湖水呢？湖水是宝石的颜色？宝石又是什么颜色？宝石是冰凉的坚硬的。异乡人有些词穷。‘所以，蓝色就是冬天屋檐下冰棱子那样的吗？’一个青年人挤进人群里问道。‘那不还是一样，我们早就知道冰棱子的样子，天的颜色不就是比冰棱子更大更广没有边际嘛！’人们一哄而散。唯独青年陷入沉思，他彻夜难眠，苦苦思索那个叫蓝色的东西，一个冰棱子那样坚硬又寒冷的东西，跟遥远的天空究竟怎么合而为一。

“为颜色着了迷的青年，一天天追着异乡人，问血液的颜色，问泥土的颜色，问眼所见的每样东西的颜色。有关颜色的神秘传说在村庄蔓延开来。人们众说纷纭，有的说颜色是一个怪兽，会吞掉每样东西身上每一个边角和皱褶，有的说颜色是一个隐身的魔鬼，一旦召唤出来，会把人拽进巨大的深渊，还有的说，颜色是至高者的另一个名字，不能显身，也难以描述，因为他就是不可言说，不可触摸，笼罩万有，化归万物。

“随着时间的推移，异乡人发现自己眼中的颜色正逐渐消退，因为山里的饮食，这里的世界开始向他显现了，万物越来越均一，由缤纷至斑驳至纯一，最后，汇聚于均一的灰色里，那是唯一的颜色，却又并非唯一，它拥有远比色彩丰富得多的深浅、层次、皱褶，灰色的云，灰色的树，灰色的太阳，灰色的星星，层峦叠嶂，万籁齐鸣，千江潮水月下生。原来世界是这样的，原来这里的人从不需要下山，不是因为山上瓜果蔬食四季不断，也不是天堑般的山峦挡住了脚步，而是因为这黄金般纯一的世界。异乡人不想再走了，他想永远停留在这个灰色的梦一样的世界。青年人却由此发现，只要离开这里，不再饮用这里的食物和水，就能获得那些梦寐以求的颜色。一天夜里，循着异乡人入山的隐秘小道，青年下山了。

“一切如他所愿，颜色越来越多地出现了，天空的蓝和血液的红，他都看到了，这是一个缓慢的过程，就像蛇慢慢蜕皮时，新皮已长在身上，颜色也是这样，当灰色一点点剥落时，它们就已经在里面了，有时候，又好像是那些新的颜色，一点点爬上来，把嫩芽似的灰色蚕食了。一开始，他的确是满足的，天的蓝原来是那样一种轻柔缥缈，血是热泪滚滚的红，树是脆生生的绿，泥土则是沉坠的丰满的黄……当灰色的力量越来越衰退，他孜孜以求的颜色，如雨后星辰，如无尽的沙漠，绵绵不绝而来。而山外的世界，纷乱，零碎，不堪重负的世界，也以不可遏止的速度向他涌来。他开始越来越多地在梦里看见他的家乡，灰色的，混沌的，不分这个和那个，不分赤橙黄绿，梦一样的家乡。有一天，又一场灰色的梦里醒来，他再次来到山下，试图重新找回那条隐秘山路的入口，他离开时曾仔细识记过的。但他忘了，他离开时，世界还是灰色的，他记下的，也是灰色。如今，在色彩世界里靠颜色辨认事物的他，再也认不出记忆里每一丝皱褶都细腻分明的树叶、泥土、蚁穴和岩层了。

“后来所有的灰色褪尽了，只在他瞳仁中留下最后一抹沉渣，一双灰色的眼睛，是故乡给他留下的最后一点印记，只有别人能从他眼睛里看到那唯一的灰色，而他自己，再也见不到那纯一的颜色了。金冬冬，这就是关于灰眼睛的传说，携带永恒遗憾的灰眼睛，也是携带永恒梦想的灰眼睛。在外面这个世界，灰眼睛们会彼此认出对方，他们知道他们都来自高高山顶上那个金子般的世界，他们也知道，他们是那个世界里具有最热烈心灵的青年们的后代。”

那个故事，我不知道他有没有给心心讲过。我没有再跟他谈起过心心。我甚至不知道那段日子里，他有没有给心心回过信。

我们以各自的方式想念她，想念是不同的，对他来说，心心要么比我以为的更重大，要么更微小。因为他理解的心心是我们几个人一起的，也许他从没有单独认识到她，没认识到光是她一个人，就可以重过我们每一个。时间也没有给他机会，继续向前，深入一个人，即使有，也不够。那时候，他毕竟还年轻，他的爱要么是仰起头，朝着高高的地方，要么是俯下身去，佝偻着的。而心心就在那儿，在他眼睛之间，跟他的个头一般高，跟我们每一个人都一般高，哭泣的时候，她的脑袋也不低下去。

煅铸已经停了。

而他，没法一下子把心心从我、从所有人里面分出来，没法单独提炼出任何一个。他挽着的，是心心，也是我，是我和心心一起，而失去，也是双份。

秘密

有很长一段时间，我没再踏进 5-433。不知什么时候起，我几乎忘了去过问 5-433 里的生活。我看到他时，他总是一个人，身上一点儿痕迹没有，没有掉落的墙皮，没有蜘蛛网，也没有开裂的地板，以至于我没想过这一天又一天，他从哪里来，回哪里去。

“这儿变成这样了，奚江！我不认得了！像我上辈子来过的地方，这么熟悉，又这么远……”

“你有多久没来了，金冬冬？”

“去年，还是……不记得了。”

“不过，你来了，也就是我一个人，再加上一个你，还是我们两个。”

“这张桌子还靠着窗，圆皮转椅也在，也还那样呆呆的，就是，好像都老了……奚江，你的琴，还在吗？”

“琴被我卖掉了，金冬冬。”

“卖了？”

“二手市场，离得不远，价格很公道。”

“你……你怎么不等等我……至少等我，再听一回……”

“很久以前，就不弹了。它带子断了，两根都断了，键也松了，好多颗，弹起来像没牙的老头儿。”

“老头儿没牙了，就连老头儿一块儿扔了？”

“老头没牙了，就不要再让他唱歌了，怪受罪的。”

“你又没问过，你怎么知道他不想继续唱？你连我都没问过，你就把他整个儿扔了！”

“金冬冬，我要走了。我带不了太多东西。”

“……”

“下个礼拜，上海，然后波士顿。”

“……哦，你申请的学校……”

“下来了，报到还剩半个月。”

“真的……太好了……祝贺你！”

“不……其实，我也不知道去那儿干吗，但有个去的地方总比没有的好。”

“你是去深造，再学习，成为一名医学家，而不仅仅是个医生。”

“你说话这口气——像一个人……”

“谁？”

“以前的我……”

沉默。

“……奚江，你现在跟以前不一样了吗？”

“现在？我不知道。我只是总想起以前的事，以前的生活，有时候，只是在心里重新回忆起它们，就会有深深的感激。”

“也许不久后的某一天，所有这些地方，这些人，你都会忘记……”

“为什么这么说，金冬冬？”

“因为时间走得这样快，不只时间，你看街上那些人，那么急匆匆，脚步轻得好像不在地上，而我们，太重了。我们会不得不扔掉些东西。总有一天，得扔掉……”

“所以，你会忘记我吗，金冬冬？”

“我……奚江，你手上拿着什么？”

“一张影碟，一本书。书是我最喜爱的，你知道的，E. T. 劳伦斯，他的自传。”

打开书，扉页题了字，他的字歪歪斜斜的，“金冬冬：时间是什么？”我合上书，不往下看。

“影碟呢？是什么？”

“波兰斯基的。”

“我不喜欢波兰斯基。”

“金冬冬，我一直想着拥有一个自己的博物馆、收藏室和兵器库，包罗万象的，书、影像、武器、雕塑，什么都有……事实上，直到现在，我所有的东西，就一把铜匕首、一本劳伦斯的自传，和这个，波兰斯基的短片。那把匕首，已经给你了，还剩下这两样。”

“本来你还有一架琴的……”

“是的，金冬冬，琴没了。这两样，也是准备给你的，我原来想把它们一直带在身边，但现在，都给你吧！”

“……你就剩这两样了，别再扔掉它们。”

“不是扔掉，是寄存，暂时放在你这儿。你说得对，它们太重了……所以，我的博物馆，我的图书馆、电影院、兵器库，现在，都到你这儿了。我现在，一身轻了……”

“可是，我不喜欢波兰斯基。”

“我知道。我也不喜欢，他的东西总是一上来就超过了太多，越往后超得越多，再也没法回去。可这一部，还在开头上，还没到后来那么深渊的地方。有一天，当你再也想不起我的时候，金冬冬，你看一看吧！拍的时候他还是个学生，很短的电影，就两个男人和一个镜子，你甚至不用看完，只看到两个人的镜子被打碎……那个时候，金冬冬，你就理解我了，也许，也能重新回忆起我。”

五年过去了，十年过去了，十五年过去了。2018 年 2 月，又一个新年开始了，我走在阳光灿烂的巴黎街头，身边一个人也没有，橱窗的电视上正在播报一则关于国内的新闻，春节又过去了一个礼拜。我转进图书馆，巴黎国家图书馆二楼展厅，一幅海报，那个白头发老人在里面看着我——罗曼·波兰斯基，他已经满脸皱纹了。我还没有看过那部短片，《两个男人和一个衣柜》。

应该说，我并没有忘记他的叮咛，罗曼·波兰斯基，一把理解他的钥匙，我记下了这个名字，也记下了影碟封面上那个瘦削的、波浪头发的小个子。只是，我仍然一次又一次错过。影碟藏在行李最深处，随我辗转过无数个城市。

我以为这样就封存了时间。

在这个布置优美的展厅，我观看了一场又一场波兰斯基的电影。在寥寥无几的观众间，我专注地等待着每一道光、阴影、水面的波纹，等待着对白、眼睛、硕大的树干、血管里流淌的血。

仿佛很久以前聆听过的乐曲，有一天，又重新奏响，每一个音符都应成为必然。在那个命定的位置上，音符如期出现，对于静止不动的观看者，可以说这是拯救，必然性将向他伸出双手，把他拉起来。

我等待着，那个需要再一次去理解的过去。

但也许，我搞错了，十五年前封面上那个金光闪闪的年轻人，在那时就已满头白发了。现在，闯进我眼帘的这个，白发和皱纹，也并非现实，而是纠正。老年并非从青年时代跨入，而是从一开始，就在回忆青春。

所以，要这样，从白发和皱纹中过去吗？从老年的当下，一步跨回到过去？

可过去是永远不可能的。过去凝固在一张薄薄的银色碟片里，每打开一次，就磨损一点。所以一直拖延着。多年来，我宁愿一直，徘徊在他的外面，不去理解，不去回忆，相信只要还没打开，过去就还在那儿，没有真正过去。就仿佛回声还在山里荡漾，我不需要重新呼唤他。仿佛他从我的身边走到了我的前面，而我的脚步，还紧紧跟着，我们的影子还交叠在一起，没落下太多。

现在，也是这样。既然我不从那些金色的头发出发，去寻找打开门洞的钥匙，那么，也不该去衰老的故事里找。

我们唯一一次共同的阅读，是一首古老的诗。里面有河水、植物、音乐和婉转的鸟鸣，真正属于青年的情思和执着。他指着那首诗，笑着，但又带着苦涩地说：

“金冬冬，我怎么觉得，这一切离我们这么远？好像我们从来没有这样年轻过，那些明媚的阳光从没在我们二十岁的头顶上照耀过。是不是我们一出生，不，还没出生，世界就已经转不动了？”

“奚江，地球一直在转，转了几亿年，从没停下过。”

“唔，2005 年了……从这首诗过来，又转过了不止 2000 年……我们的阳光第一天出来时，在它照到我们额头时，就已经比诗里老了两千年，是早已衰老的阳光，衰老的影子，衰老的土地了。尽管我们跟他们一样，也是二十岁，但我们所在的时间，已经衰老了。

“奚江，难道古老的不是过去，不是这首诗，而是现在，是我们？”

“不，我们还是年轻的，至少，应该是年轻的。哪怕现在，被这老去的一切拖住了，绑住了，我也知道，那不该是我们，我们的身体，我们心灵，都还年轻着……只是，时间不再年轻了！我们之前经历的，现在正经历的，以及接下来要经历的，都已年老体衰，它们早已度过数千年的时间。这首诗，诗里的人和他们的时间，才更接近青春，而我们，注定从出生开始，就远离了属于我们的时间。”

“失去了年轻的年轻人，嗯，像传说里，那个一出生就白头发的孩子……”

“人们不相信这个故事，他们把白发看作未老先衰的标记。一个傻瓜都知道的矛盾，就把人们吓跑了。我要是真理，或上帝，也会躲在里面——最好的庇护所，在一切不可能、不可调和处。”

“所以，你相信这个故事？”

“我从没怀疑过，确切地说，是我一直理解这个故事。白发代表的，首先是未来，那头白发是从未来回到过去，回到尚在青春的生命中，那是为了复原时间，为了不再失去，为了永恒。这不是传说，不是编造的故事，它是一个真相，至少，也是寓言。人心里最激烈的部分，就藏在里面。譬如，现在，我就想，停下来，回到过去。”他笑了一下，“金冬冬，如果我们能够活在过去，而不是现在，我们就不会衰老，可以像诗里那些人一样，回到 2500 岁之前，我们每一个人都可以，保有青春，直到永恒。”

“可是奚江，永恒究竟是什么？我向往它，同时又害怕，有时候比害怕未来还要害怕。如果未来更准确的意义，是衰老，是逐一消失，那永恒，就是彻底空无，万劫不复。永远存在，也就是从未存在，获得永恒的那一刻，也就是，万物消失的一刻……听说过那句话吗？永恒是一具木乃伊，挖空了全部，再填满全部……”

“金冬冬，我只是跟你在一起的时候，才会盼望这个——永恒。”

我还没描写过他的笑容。他的笑总是忽然来的，不是从嘴角传递到脸颊到眼睛，而是一下子，每一个点同时从四面八方到达，从一开始就实现全部，然后就是长久地，用全力支撑住每一个顶点。这是还在蹒跚走路的孩子脸上才有的笑，不加掩饰，竭尽全力，并永远饱满。后来，我常会在孩子的脸上看到这样的笑，我常不由自主地跟在某个偶遇的孩子身后，我总为他们的笑容所吸引，因为，正是在同样的笑容里，我又一次看见了他。

还有他身上时隐时现的有关心灵的秘密。

“一双眼睛？难道要靠一双眼睛复原整个儿的心灵？金冬冬，这无疑是妄想……”那时欢乐的时光还未褪却，有时，他在我边上，默默走到半路，忽然开口，“一双眼睛的确会打动你，也许，光凭它你能在无数张面孔里认出那个人来，但要说包含全部，显现全部，又是另一回事，眼睛远远不够。一条缆绳系住了一艘轮船，但缆绳远不是轮船，连船帆都不是。眼睛是心灵的窗户，对！这正说明，心灵庞大而复杂，一个四角伶伶、门窗俱全的大厦，由窗口可窥见一角，至于全貌——至少心房、心室左右各一，粗壮的动脉如铰链般锁住它们，川流不息的是风还是飒飒的血液，或大地深处沸腾的浆水……如何确定形状？拿什么量具确定火焰的边长？不管是我，还是你们，这一点上，在有关心灵的部分，我们几个完全一样：不是没有形状，而是——没有形状可以容纳。所以，为了公平起见，也为了避免错误，应该把我们的样子统统扔掉，不予保留。蚂蚁需要用触角，小狗需要用鼻子，我们要是也用某种布满神经细胞的器官，那勾勒出来的，大概就还是蚂蚁、小狗，或诸如此类。但真正存在着的，不是这些，我们不附着在任何固态物上，我们成为任何形状，都是变形，像那些抽搐的手臂、痛苦的头颅，被宙斯变成翅膀和鸟和不说话的植物……”

他一再陈述，并让我相信，即便贫乏，甚至空洞无物，也绝不能因此就草率地，让板结的土块、割裂的碎屑填满自身。肉体表层与其深处，是截然不同的两种形态。地表干裂，寸草不生，但地心深处，照样是蓬勃的、翻腾的岩浆。我们向对方递出的，也应是流窜的火焰，未凝的仙露，或者，就是精灵，一种语言不足以勾勒之物，来自天空、大地或海洋深处，无翼而能飞，无色而夺目，云或烟那样缥缈不定，眼似可见手却难捉。他们不显现，因为显现是坍塌，是固结，是开裂，岩浆冲出地面，将变得跟地面一样冰冷、坚硬。因此，一切形象，作为显示物，作为有边界者，皆不足以描述我们。但同时，并非不可描述，是必须超越描述，超越边界和分野，超越这个泥土造的硬邦邦的世界。

我们行走在尘土飞扬、如烟如雾的马路上。那个傍晚，我忽然有种奇怪的感觉，身边这个滔滔不绝的同路人，并非人类，或者说，因他作为一种人类的存在，我发现，人类原来并非是视网膜上显出的那种形象，也并非仅是我们一次次亲手解剖过的那些头颅、躯干、四肢的组合。显形和其本身，是两码事，或者，仅是其中之一，显形在所有塑造中，大概占据最浅表的一层。而其本身——

"奚江，你有没有想过这样一种形象——从天空的裂隙里掉下来的一个庞然大物。起初，一道闪电，天从那闪光里豁开了口子，一个庞然大物就从那里面掉了下来，它不是一上来就那么大的，而是从一朵云那么点儿开始。它也并不掉到地面上，就在天空和大海和大地之间，漂浮着，谁也感觉不到，但它慢慢长起来了，长得越来越大，一部分渐渐像牛，一部分像人，还有的部分像山鹰，或者猎豹。但事实上，它又什么都不是，因为它不断在变化，不断在长大，天和地于是越撑越满。四肢张开，就等于从太平洋的东岸一直跨到西岸，头发散开来，等于一座茂密的森林。它的眼睛，如果非要说有眼睛的话，那就是一丛又一丛熊熊的篝火，散落在森林和海洋里那些不为人知的角落。背脊宽厚得像帕米尔高原刚刚从海底升起，还未经风霜侵蚀，最稚嫩也最完整的时候……当然，如果高兴，他也可以从大地的裂缝，譬如一道峡谷或一块巨石里蹦出来，浑身长满苔藓、芦苇、松针之类，缓缓地移动，像一座山在迁徙，连植被、水源、矿石，一起依附于它，紧贴他的体表或体内，或者如影子般跟随。总之，所有他之内和之外的东西，跟着他一起行动。又或者……”

“或者从海的深处冒出来，像你们热爱的美人鱼那样？”

“不，美人鱼有尾巴，她不舍的和舍弃的，都是这条可怜的尾巴，而我们的大海深处，是什么也没有的，我们冒出来了，可仍然是海，是盐和珊瑚的总和，发光的鱼类仍旧从我们体内穿梭而过，我们什么都不是，又什么都可以是，如果热量足够，大概还会把每一块石头烧成水，把整个地球变成滚着金红色岩浆的火球。总之，差不多就是这样，谁也说不清、说不好是那什么，来自地球或整个宇宙的某一部分，成分、性状不明，但热气腾腾，永远带着大地深处那些未完全冷却的热液……”

我再次看向他的眼睛，我坚信，我所说的正在抵达某个真理。是的，热液，这是关键，是他体内整个儿热量的来源，也是其形体不断扩张的源泉，一如宇宙某一点，大爆炸的原点，使宇宙不断膨胀的那个点，所有能量和质量都集中于此的那个点……然而热源本身，极为隐蔽，因为如我所言，那热液深埋体内，深埋地心某处。在他身边，你通常感觉不到一点儿热气，就像站在一块稳定的岩石边，你很难感觉距此一百五十千米处地心的炎热。然而，他的头发却在空中颤动，如已在火焰中燃烧的干草，好像那热源正透过头顶这片柔软的毛发，向外突破。甚至他身上的每一处皱褶和蜿蜒，高起的鼻梁、宽大的肩膀、凸出的指节，也都在这滚滚热液推动下，冲撞挤压，由球体内部向地表拱起高原和山脉，风沙从远处飘来，至此降落，从冰河时期至今，不停加厚，其挺立的身躯下堆积着数层不同时期的土层。

一直以来，我都很想试试，如果把手掌按上他的头顶，是不是就能感觉到那存在于我想象中的热液，因为他浑身上下，也只有那个地方，不像冰凌一样透明，那另一种固态物的颜色，也许预示着某种与其周身温度迥异的热量。但我做不出这件事，摸一个人的脑袋，就像摸一只狗的脑袋，或者一头狗熊的，前者是轻佻，后者是畏惧。我既不愿显得自己轻佻，而且，也确实畏惧。例外只有一次，那是他唯一一次，以一颗光光的脑袋出现在我面前。我的第一反应不是惊讶，而是欣喜，原来那层乌黑的毛发底下，一颗头颅如此圆正，更重要的是，它的颜色如我所愿，淳厚的土黄色。这是熔岩被大量沙尘覆盖后的颜色。离我一直以来的猜想，又近了一步。我几次欲言又止。

那是很久以前，他带我参加一场盛大的徒步旅行，几个校区，上百人同行，抵达山顶伍子胥庙后再由山的另一侧返回。他的头发是前一晚剃光的，还是一个礼拜前剃光的，我不能确定，因为这之前一个礼拜，我都没见到他。初春，树木都在抽芽。一路上，我盯着那颗圆圆的熔岩，很怕气温继续升高，上面会跟山里这些树木一样，也迅速抽出枝条来——在我还没摸到之前，它会被再次覆盖。

“奚江……”

“什么？”

“你的脑袋……我想……”

“脑袋？”他走得飞快，一不留神就窜了出去，窜上一个小坡，绕上一圈，又窜下来，回到我跟前，“脑袋怎么了？”

“很圆……完全想不到，这样圆……”我盯着那片光滑的岩层表面，“我可不可以……”

话音未落，手已不由自主地伸出。只伸出一个姿势，伸出半个手掌的距离，这颗硕大的脑袋已经懂了，并且迫不及待地送到我手掌下。

“摸吧，摸吧，非常舒服！”

我摸了一下，小心翼翼，怕烫似的。然后，又摸了一下。我把两只手都覆盖上岩层表面。

果然，热气腾腾。

他的脸在我手掌下，露出同样热乎乎的笑容：

“是不是很舒服？我就知道，你会要摸一摸它，昨天剃的时候就想到了，就觉得你肯定会满意。”

“是啊，为什么会这么满意？简直是心满意足！我不明白……”

“因为我，显出了原形！”他的脑袋在我手掌间轻轻晃了晃，“头发——伪装，去掉了！我的脑袋，现在是真的。”

说话间，好几个人拥上来，纷纷来摸这颗真的脑袋。他仿佛把它当作一件礼物，不停地交给不同的人，如果脑袋可以像子弹一样分发，他估计已经送出了很多颗。但我觉得，我手掌下盖住的（更确切地说——捧住的），应该是一座火山。这片土黄色岩层，尽管位于制高点，却是全身最薄弱处——突突突，底下汩汩有声，如蛋壳将破，那股隐秘的热流汇成最后数百条急川，在其下蓄势待发。

我的手掌停留其上并未超过五秒。不是害怕被喷薄而出的热液灼伤，而是怕掌心的温度改变岩层内部的稳态——热液一旦冲出地表，就再也无法保持自身，它们会冷却，结壳，最后，消失。我忽然急切盼望能有一顶草帽，把这片岩层掩盖严实，好让它重新变回一颗脑袋，或者，倚赖春日的茁壮和夏的临近，让上面重新长满茂林和野草。阿喀琉斯的脚踵，毕竟不可随意暴露。刀枪不入者，亦应甲胄完备。

他未注意我内心的波澜和隐忧。他正全神贯注于眼前即要攀爬的山岗。

“伍子胥是沿着这条山脉进入吴地的。”

他引导我向一段陡峭的山路攀登，并反复向我讲述此刻脚下、我们正要踩上的这片土地。历史在这里倒下了，因为历史记下的是传闻，或者构想，而他口中所言，洞穿时间和事件，他在向我讲述一段回忆，或者，他自己走进去过的生活。时间从他那里铺开，绵延数里，占据整片山岭。

我们一前一后，迎着伍子胥奔来的方向，由吴地往楚。苏州城渐渐远去，小如灌木，被一前一后两个巨人踩在脚下。轰隆隆，巨人从山岩和乱石间穿过，步履轻盈，涧水纷飞，头顶，洋槐满天，如擎伞而行。

“山顶是伍神庙，金冬冬，每年夏至洪水来前，这里会裹粽子、拜伍神。他，伍神，可以掀起滔天巨浪。”

山势渐渐逼仄，又或者，是身躯过于庞大，山间突兀的怪石接连压来，直到一面几十丈高的山壁，重重垂落，深渊和高空同时被填满，巨大的步伐至此停下。斧凿般的岩壁上，裸露如蝶翅般斑斓的颜色，青、红、黄、紫，我们垂手立定，把头用力仰起，试图数清它们，洋槐树冠之上，烈日当空，正跟当年一样。

在所有面目模糊的先人中，伍子胥是不一样的，从我第一次听到他复仇的故事开始，就有这样的感觉，那一面金线绣的群像画布，到他那儿，中断了。不是因为衰弱，或塌陷，他明显比整面画布更夺目，更光辉；但也并非高出表面，独立成一座雕塑，他突兀，但绝不伟岸，也并不坚实、高大。他甚至，是狭隘的、不吉的。最早向我讲述这些的不是别人，正是晓辉，一直以来，在他诗人式的国度里，在荷尔德林、里尔克的世界里，还存在着这样一位捧着剑的，剔骨鞭尸者。起初，这令人难以想象，但在第一次听过他的讲述后，我就迷上了这个故事，我相信，那副暴戾阴郁的面孔下，隐藏着一颗深沉的、剧烈的心，这颗心甚至比大部分诗人更饱满、更持久、更可信任。那时，我不仅爱上这个故事，可能也由此，加倍地爱上了讲故事的那个人。但与此同时，我也抽身离开。不是出于爱，而是出于胆怯，或屈辱。悬崖勒马，还是裹足不前？我分不清。

那时，我还不知道，离开是踏上另一条道路，我不曾预备的另一条崎岖的小路，更不知道，直到晓辉最后去世，我都将踯躅在路的中央。我没有远行，但也没到达任何地方。我决意不去爱，不打碎自己，不重新淬炼。我捧着自己，全心全意捧着，躲进港湾，远离大海，同时，观望着海上的风浪，并为此自我折磨，备受煎熬——却突然，被一颗新鲜的光洁如鹅卵的脑袋，又一次带到故事面前。

“那条河，金冬冬，山脚下那条，看到了吗？一直通到长江口，伍子胥坐的船就从那里过来。他第一次踏进这里，就已经是白头发的伍子胥了。”我们已向山脚靠近，河水很急，没有船，也没有人，水声汩汩，那地下应该伏着一匹马，马蹄，我想是白色的。伍子胥坐船逃离的那个渡口，至今矗立着那匹蹄子雪白的马，因未能渡江，马蹄声被深埋河底，如此，飞驰了千年。

我凝神倾听远处的声音，忽然，从那里面，也浮起他的声音，仿佛他不是在我面前说话，而是在山谷和云层的回声里向我开口：“伍子胥是潮神，是水，同时，也是火。”一个常识，也许要像秘密一样说出，才有可能被心灵全盘接受。

地心，无尽的火焰，诗人，或白发的持剑者？在他一次次吐露出那些秘密后，我重新明白了画布断裂的原因——温度，仍然是温度，或者更确切的，熔点。与整体相比，那个故事的温度过高，一丛热焰，整体无法容纳，甚至有可能被它吞没、融化。可究竟是故事本身的温度，还是因为从他口中讲出，跟着他一道在地心的热液里滚了一回，所以，才带上了火星和爆裂时哔剥的声音？

甚至那些被剃掉的头发，我觉得，也应是烈日的白色——会在烈日下显出白色，同时，也跟烈日一样发白。熔岩达一千摄氏度以上，所有的金色、红色、黑色，将被消融，熔岩将只呈现白色。或者，他剃光它们，正是为掩盖这些白色？为保护这个秘密，他于是向我袒露了另一些——那些他体内属于地心的热液。如果那些头发再次长出，会是烈日的白色，还是热液的金色？

很多年来，我始终没忘记那场旅行。我甚至一次又一次，在自己记忆深处，重新摹刻它们。就如同他亲自带领我在崎岖的山路间，一次又一次重新进入那个故事。不是更迭，不是改写，甚或扬弃，是从原来的裂隙进去，一笔一画，刺透整块石壁。此后，只要听闻流水声，或是哒哒的马蹄，那些巍峨的巨石、如云的树冠，就会再次浮现眼前。他回声般的话语，树丛间灼热的阳光，也会在瞬间笼罩我的身躯，哪怕当时深居斗室，或流浪于某个黑暗部族。

只是，从山里回来一个礼拜后，我再见到他，那滚圆的头顶已开始生出细密的绒发。这片令人终身为之担忧的火山啊，后来，它再也不曾以其真身露面，浓黑的头发重新长满每一寸角落，比以往任何时候都茂密。每一根头发都有了自觉，意识到自己负有的重要使命，它们使足了力气，掩埋真相，同时，也保护真相。头发改变了火山的外观，也改变了那里的水土和岩层，我渐渐相信，除了我，再没有人会知道那底下应是一座蓄谋已久的火山。尽管如此，我仍时时为之牵挂，并担心那些头发，会不会像米达斯王的地里长出的芦苇，风吹过时，被埋下的秘密就一一发出呼叫。

魔法

“几点的车？”

“快了，马上就走了。”

“我送你。”

“不，不要送，金冬冬，我们就在这儿——说再见。”

我们在椅子上坐下来，面对面。5-433 到处空荡荡的，剩下的最后那一点儿也被他搬进了脚边的箱子。

“我给你带了吃的，路上吃的，豆腐干，还有瓜子。”

“这么多，路上吃不完。”

“那就带到那边去，吃上一个礼拜，一个月……吃够了，就不会再想。”

“不要你送，就是怕这个……不知道你哪句话说出来，我就后悔了。现在后悔倒也好，就怕现在没有，过后又想起来，那时，也不知道自己是在哪儿……如果是飞机上，几万尺的高空，那就坐着，再难受，也坐着……要是夜里，睡梦里醒过来……”

“没有的事，奚江，没有难过，没有后悔。到那边，你会开开心心的，每个人都会对你很好，你会在新的地方有新的朋友、新的欢乐。我这样祷告过，以后，你记住啊，每一天，都要像节日。”

“你现在还每天祷告？”

“很久没有了，现在我的上帝也远离了，我常常觉得他听不到我了。但这次，我想，是不一样的，他一定听得见。”

“祷告的时候，金冬冬，你会说什么？”

“没什么特别的。”

“我从来没听清，每次，你的声音都很低，好像就怕被人听见了。”

“就是寻常的祷告，但总是会觉得不好意思……奚江，对上帝说话有时候就像窃窃私语，像在密室相会。”

“也许以后，我也会向你的上帝祷告。”

“那样的话，上帝就是我们共同的了。可是，奚江，你从来没祷告过吗？”

“我不知道怎么开口，金冬冬，我可能，比你更不好意思……”

“多攒一些话在心里，总有一天，你会一股脑儿把它们倒出来。”

“可我攒了一肚子话，到现在也没说。难道一定要说出来？”

“嗯，要说，说出来，才不会觉得孤单，会觉得自己还在，在这儿。”

“可我总觉得，我的话，索然无味，发出声音也是噪音，是干扰……对着上帝，那就更不应该了……除非……除非我念的，是一首诗……”

“那就念一首诗。有时候，它比祷告词更接近上帝。”

“这样的诗——

愿我有朝一日，在狂怒洞见的终点，
向嘉许的众天使唱出欢呼与赞誉。
愿清晰敲击的心灵之槌
无一误落在纤软、犹疑或者
遽急的琴弦。愿我泫然的面容
使我更显光彩；愿不被注意的哭泣
开花吐艳。夜啊，凄惶的夜，你们将是我
怎样的爱。无以安慰的姊妹啊，惜我未曾更加跪伏地
将你们接纳，未曾更加放松地
服从你们松散的发。我们，痛楚的挥霍者。
何竟我们预见到了痛楚的哀伤的持续，
预见到了是不是痛楚也许没有终结。痛楚却真的是

我们经冬仍在的叶、我们暗色的思想之绿、
隐秘岁月的一段时间——，不仅仅是
时间——，还是地点、垦殖地、营地、土地、居住地。①
——这样的，可以吗？”

“非常动听，众声之中最纯净、最低沉的音调……”

“可惜不是我的……我写的，更接近谎言……”

“谎言里也藏着信仰。”

“最近的一首，也是两年前的了——两年……你觉得，那还能算诗吗？蜜蜂酿蜜，是为了自己活下去，诗人的诗，也是。诗人为喂养自己而写，无论呼吸、饥饿，还是寒冷，他真正需要的，只有诗。此外，应该什么也不表达，什么也不需要，犹如婴儿只会啼哭，狼只会嗥叫。必须绝无其他出路！如果两年就一首诗，那个诗人应该早就饿死、渴死、窒息而死了，而我，你看！还好端端活着！没有诗，我照样过每一天。所以，我必需的，是粮食，不是诗。我写下的，两年来仅有的一首，也绝不是诗。”

“可是，上帝没有这么严苛，奚江，至少没有你的诗那样严苛，只要……”

---

① 里尔克《杜伊诺哀歌》第十哀歌开篇，里尔克于杜伊诺城堡居住时期完成。

“只要什么？”

“只要你的每一个字，都是呼唤。”

我们从椅子里站了起来，走出窄窄的门，走向黑黑的过道，走下楼梯，走向月亮下面深深的树影里，他的影子还落在身后，罩着我的，我们一起向月亮底下走去。

“刚刚那首，你念的那首，是十年……那以后，从巴黎到慕尼黑，到维也纳，部队服役，军事档案馆，写文书，辗转各处，躲避战火，整整十年，诗人也没再生产出一首诗。在他到达穆佐——另一座杜伊诺式的城堡以前，他都在等待，他全部的事情就是等待。时间除了用来等待，等待他跨过它们，等待他重新接上琴弦，重新听到声音，重新开始呼唤，再没有别的意义。这一首诗，撑住了十年光阴，呃，确切说是余生，它规定了他余下全部的人生。”

“你说的，是诗，真正的……而我的，不是……它们是字，只是字，一个个符号，乱涂乱抹的，噪音。”

“不不不，奚江，即便在穆佐，一开始，他能做的也只是建好那座玫瑰园，一开始，他连字都没有一个。穆佐成为终点，是在他真正抵达之后，在那一天，风把最后的哀歌和俄耳甫斯送到他耳边、他心里之后……所以，你凭什么断定，你唯一的那首，不是开端，它撑过了你这两年的光阴，往后，还将继续，十年、二十年……后面还有很多时间……”

“十年、二十年……金冬冬，时间在你口中可以那么轻地滑过，好像真的只是流水，好像那些流水不会真的淌过你身上，或者，就像海中央那尊女神像，海水一遍遍冲刷，不过使她更光滑、更纯净……而我，我的十年，也许早使我千疮百孔了吧！”

“等等，奚江！”

“什么？”

“把这个戴上！”

“你的……手表？”

“嗯，手表，再没有比这更神奇的东西，时间会被一圈圈转进去，并且再不放出来。从童年时第一次发现它，我就迷上了，直到现在，我最愿意送的还是这个。我送给过很多人，就因为太多了，所以一直没送给你，毕竟，你不是我第一个送手表的那个，我也没法保证会是最后一个。可让你在中间等着，我又觉得不可以。所以，唯一可以送的，只有这块，我的第一块手表，第一块我自己买的手表。我还记得那个日子，9 月的第一个礼拜天，我一个人在一个空荡荡的商场里把它买下来，到今天，已经五年了。这里面装着整整五年的时间，奚江！可你看，它还是那样，没有更重，没有更轻，没有更厚，没有更薄，就好像什么也没发生。我不知道我的时间是怎样的，如果真像你说的，它是轻盈的、静止的，那就转赠给你，这样，你的时间跟我的，也就一样了。”

“你送我的，怎么都是戴在手腕上的？”

“你……不喜欢？”

“如果你还有，我愿意长出更多手臂来。”

他把手表戴在手腕上，把手腕举远了，又凑近，反复看。

“这真是你的手表？我认不出来了……第一次看到时，它就跟你是一起的，我已习惯了它在你手腕上的样子……现在这样，这种感觉，就好像你的一部分移植到了我这里。”

“我送你到机场，奚江，这样，一路上，我们还有时间……”

“不不，这样时间太长了。”

“只有五个小时……”

“不，不该用这么长的时间来告别，金冬冬。”

“那至少送你到火车站……”

“火车站……太吵，到处是眼泪，到处哭哭啼啼的人，这儿多安静，我们就在这儿告别，空气还是甜的，月亮、树叶都不掉眼泪……”

“不，我送你到火车站。”

火车站还是很旧，黄黄的瓦片还是十几年前的样子，到处是人，箱子，扁担，蛇皮袋，推车，小贩，警察，但没有他担心的那些眼泪和难分难舍的人，每个人都在赶路，匆匆忙忙的，皱着眉头，吵架，烟，广播声很响。

“奚江，火车进站了。”

“是的，金冬冬。”

“那就……在这里跟你说再见？”

“不……等等……”

“嗯？”

“金冬冬……你可不可以……上来？”

“上来？”

“苏州到上海两个小时，就这么一段……陪我过完这一段……”

“唉，本来就说送你到机场的……”

“动了，车子动了！这么慢，金冬冬，你听，哐当哐当，就像随时还能停下来，掉转头……我已经开始后悔了。金冬冬，你的上帝还是没听见你……是你在这儿，我才不会跳下火车，不会沿着这一根根枕木、电线杆，走回去……所以，只能你送我，押送我，从车站到机场，到飞机起飞……不，飞机上我也会跳出去，但那个时候，没有路了，只有云，我没法在云上走路，我知道。在飞机上，我会明白的，我回不去了，但现在，我的脚只要跨出去，就能踩到地上，现在，每一根枕木、电线杆，都是诱惑……”

火车开始疾驰，窗外越来越模糊，他盯着玻璃窗，应该不是窗户外面的某棵树，某根电线杆，或某段枕木，因为玻璃上除了急遽飞过、即刻消失的一切，什么也没有。他盯着，一瞬不瞬，仿佛上面有宇宙中心那个唯一静止的、实在的点，仿佛整个世界将由其中生出，又正向其中汇入——突然他从那里抬起头，目光淹没我全身……

“金冬冬，也许，我们从来没见过，过去那些时间、那些记忆，都不存在。现在，我们俩第一次碰到，天哪！还是不可避免地碰到了！但不要紧，这回，火车到站，我们就会分开！我会去我的地方，你也有你的地方，我们刚认识就可以分开了。从此，我们的记忆里只有这一趟火车，我们面对面坐着，这么短短一段，你懂吗？你肯定懂我在说什么，是吧！从现在开始，一切重新开始了，以前的一切，不，没有以前，以前并不存在，至少我不存在，没有我，没有这个人。而你，红脸蛋的，火烧云底下的树……啊，你当然要在！一直在！从最早的时候，从五年前的校园，五年前 5-433 的门口，就在了！并且永远不应该消失！但我，我是现在才出现，才存在。这样……好吧？很好，好多了！”

“奚江，你……别再说了，现在……很挤，到处是人，车厢里很闷，你已经头昏脑涨了……还好，上飞机就不挤了。”

“不，我不晕，我不是在说胡话，我以全部理性和激情下了决心……也许还是我的幻想、我的英雄主义在作祟……把帽子落在了门后，看不到，就以为它不存在了……但我真的想，只为你留这一小段，就这一列车厢。车厢外面的，它驶过的和将要驶向的，统统没收……时光，那束时间的光只照到这里，你这里，小小的一块——过去的不会再来，未来的也不会……

“但这里，还有你，直到最后这一小列车厢，你也还在……”

“不，不是还在，是正好在！是碰巧！”

“可明明是你拉我上这趟车的……”

“唔，是的，这是我的——诡计。我把你拉上火车，没有看着你留在铁轨另一头，我制造了我想要的假象，好像我们一直同行，我们从未分开，直到我最后消失在地上。记住，不是分开，是消失，是我不再存在。但在这以前，我们还面对面，并行在这大地上，这样，当我一次次在梦里醒来，就不会记得究竟把什么落在了轨道另一头。这都是为了我自己，这一点上，我背离了我的决心。”

“可是，我会给你写信的，奚江，你会从另一头收到我的信。”

“信？对了，还有信。你真的会写吗，金冬冬……可是，我不能收，从第一封就不能。信也是告别，金冬冬，而且是真正的、彻底的。从一天一封，到一礼拜一封，再到一个月，一年，直到那一天，总有那么一天，一封也没有了……那不是沉默——如果我们现在沉默，我们还能听到那翅膀的扇动和鼻翼的呼吸，那血管里突突的鼓声，那浸没着你和我的、四面八方来的喧嚣；但到那一天，沉默也会被抽空，声音转向了动作——静止，完全停下，甚至，背过了面孔！这是真正的断裂，金冬冬！不是大海、铁轨和枕木，断开我们，也不是命运和时间，就是我们自己，最后一点丝吐尽，海水倒干，血管里剩下巨大的空白……这是最可怕的！”

“没有的事，奚江。”我拍拍他的手，然后，笑着，把手伸向他：

“你好，同学！很高兴认识你！你也是上海站下吗？——你看，就这样，很简单，我们重新认识了！”

短暂的沉默。我坐着，但一下子，我淹没在他灰色眼睛涌出的感激的海洋里。仿佛披上了一朵云，如雾如花，如梦如夜，我身上还穿着那件洗褪色的，唯一的绿色连衣裙。好像有夏夜的微风穿林而来，额头发丝悉数拂起。他的手掌翻过来，盖住我的，然后紧紧攥着，像攥着一块要滑落的鹅卵石：

“你，你真的明白，真的相信——我说的和说不出的——全部？”

我看着他灰色的眼睛，颤抖起来。

“你知道我不是要告别，不是要结束……一切都反了，是不是？我离开就是因为害怕，害怕这些真正使我害怕的——告别，结束，从此以后再也没有……所以，是逃避吗，你觉得？可我明明是想制止，我毫无办法，这是唯一可以动用的手段：制止未来，制止结局，制止一而再再而三的命运。只有趁现在——现在，我们都看得很清楚，那个未来，我们都对它极度恐惧、感觉强烈的时候，等后面，等我们慢慢走到那里，我们就忘了，忘了它有多可怕，多么不能忍受。那时候，我们已经成为那可怕的一部分了！这就是为什么我宁可不存在，宁可从未经过，也不愿亲手把一切抹掉、毁掉。宁可是一个可怜的人，也不能是一个可恶的……所以，金冬冬，不要写，第一封信开始就不要写！如果可以，第一次见面就不要，一开始就不让它过来！这样，未来就没有机会过来我们中间。从未开始，所以——永不结束。我们现在告别，才不会真正断裂！我再也见不到你，你再也见不到我，但我们永远不会失去！你知道吗，只有想到这些，我才能往下走，我能承受的只到这里……

“金冬冬，我承认，我绝对不可能是个英雄！你看错了，或者你早知道，但从不在我面前指出——我其实无比软弱，比谁都软弱……你要听到我有了什么新的朋友，别信，那还是我的软弱；如果有了什么女朋友，或者结婚了，那也是，是我在努力让自己变得像个英雄。如果不是因为现在，我只剩下了你，我绝不会离开的……我曾经也觉得自己可以承受很多，但现在，我再也承受不起，现在，我身上再也不能被砍断了……金冬冬，你是最后那个再也不能被砍断的部分，对于我，你就是这样的一部分……”

“几点了，金冬冬？如果五年前，有人告诉我最后我会这样离开，一切会这样结束，那一天，我就不会在 5-433

待着，不会碰到你！我会避开这一切，避开接下来的五年……”

“没有时间了，金冬冬，我不知道自己为什么要走，就因为时间到了，因为飞机要在这个时候起飞？飞机什么时候飞跟我有什么关系？为什么要跟着它一起离开？为什么？是谁安排了这一切？”

“不，金冬冬，一切都错了，我不该自己把时间结束！就算时间早就没有了，我也不该这样掐灭它！我好像知道什么是永恒了，金冬冬！以前，五年前，我的生活里还没有你，未来，我的生活里也不再有你——过去和未来，都静止了，不变了，空了！这就是你害怕的那个永恒，对不对？我从此，就生活在里面了。现在，是永恒开启前的最后一刻。金冬冬，不论以后还有多少时间，都不需要计量了，因为所有的时间就剩下现在这一点—— 一切消亡前的最后一点。之后，时间就消失在永恒中……”

他进去了，进了闸门，隔着地上五块方砖和一条蓝色的线。没有握手，甚至目光，都没有再相碰。

“再见，金冬冬。”

我并未亲眼看着那架载着他的飞机从我眼前起飞。我看见的，是他汇进人流，然后，化成了无数个背影……

我一个人往机场外走，太阳还没落山，不锈钢栏杆上斑驳的光，我恍惚有点明白，刚刚结束了些什么。那感觉大概类似于火车上最后一列车厢在我跟前停下了，一根线在我手里，断了。随后，第二个感觉紧跟着来了，为什么这样坐以待毙？我需要去追赶，趁飞机划过，天上仍留着那道白线，趁印迹的余温仍在——追上去，扳回这一切，回到从前，回到这里的生活。可怎么回来呢？怎么做？拦到航线的前面，拦到时间之流的前面？从哪儿开始？哪儿是这一切不停流逝的源头？哪儿？5-433？那最早看见他的地方，也是最后离开时，他的身影一而再驻留的地方。学校那条河？河边的小路，绿树掩映下，他一边走一边笑，黑头发下那双灰色的眼珠令人过目难忘……总之，还在老地方，在原来那些熟悉的时间里。我马不停蹄，赶往那里。

苏州城暗下来了，沿街的灯零星亮了，我又走上那一块块起伏不平的花砖，穿过爬山虎掩映的窄巷，迎面而来的嫩绿枝条又打着头，花圃里栀子花香和黑色的飞虫缭绕在一起。沿着月亮升起来的光，我走到了河边，河水在中间闪着光，仿佛我正蹚进由月光和河水一道漫开的新航道里，仿佛他还在笑嘻嘻地跟我说：“千万不要在月亮升起时靠近河边，因为啊，河水会跟着月光一起往上升，你也会被它漂到老高老高的地方，离白天时我们踩到的、太阳照到的地方，高出几丈。这是什么？这就是——月亮潮！一条河埋了千年的秘密……”

从河边一直走，走到校门口，几乎完全被暮色淹没的赭色石柱，柱头上的字看不清，大大的榉木叶子在头顶飘摇，由林荫道往里，径直走到那栋楼前，爬四层楼梯，看到那个小小的房间，门牌上刷着绿色的阿拉伯数字：5-433。他曾在这里照顾了晓辉三年的时间，每天，饭菜的香味和煎药味一起，从早上飘到晚上，再后来，是他一个人住，住了很久，久到我几乎忘了他还在里面。再往上，楼顶的天台，我们每个人都在这儿听过他弹手风琴的声音，中秋那天夜里他陪着我和心心在这儿放走了几盏孔明灯，每个人都许下了心愿，我不知道他期盼的是什么，也许他的愿望又一次落了空！然后我又走到操场、体育馆、实验楼，还是没有……最后，我终于发现，他好像真的走了！不是找不到，是这儿没有他了！哪儿也没有了！就好像真的失去了，消失了，散光了……直到凌晨，终于觉得累了，干脆睡一觉吧，睡一觉，明天起来，再说……

半夜醒来，看一眼手表，凌晨三点，飞机还在天上飞着吧，也就是说，尘埃还未落定，只要找到，他就不会从那个机舱门走出去，走进地球另一端，他会继续，乃至永久地存留此地。于是天一亮，又开始了新的，更深入、顽强的寻找。

“你去哪里？”“我钥匙落外面了！”我飞也似的冲下楼梯，穿过嘈杂的人流，由于心奔跑得太猛烈，双腿赶不上，就像走在水里，深一脚浅一脚，最后整个儿漂起来——飞翔原来也不过是漂浮的一种。我漂到草坪上，已经有人在里面坐着，三三两两——他不在。这等于是说，这里什么也没有，除了草坪，除了这种油亮的、闪着光的绿——这样的绿是单调的，没有层次的，而且，也是缺乏热情的。为什么我就没有想到呢？草丛看似隐蔽，实则一目了然，看似生机盎然，实则空洞乏味。所以，再费劲找也是徒然，他绝不会在这样愚蠢乏味的地方。

那么，是哪里呢？一个丰富的、色彩斑斓的地方？我思绪纷飞，一瞬间转了七八个念头……倒是有一个，那里看似单调肃穆，却蕴藏着无穷的变化，无限的可能，其色彩不是颜色本身，而是饱满的记忆，缤纷的未来，以及思想、情感、意志——那就是图书馆，那栋巨大的由红砖砌成的大楼。占领其全部空间的不再是人，而是书，再空旷的地方，也不是为人准备的，不过是书暂时还没来占领，或者是它们忍耐着、好心让出来的。从根本上说，这儿被圈起来的一切，都是属于它们的，包括楼里面坐着、站着、走着的人，或者飞进来的一只麻雀、一片树叶。这样的地方，才是他愿意出现的，而一旦出现，也必定极为醒目，因为他会在其中成为那唯一一座无法被完全占领的荒崖。

可是，早课铃声还没响，八点以前，图书馆是不会开门的。离开门，还有一个小时。

我一步一步，像用手挪动自己的腿，慢腾腾地从草坪旁移开，目不斜视，不疾不徐，就像哪儿也不准备去，就像只是经过这儿，经过操场、礼堂，最后，经过那栋楼。要瞒过所有人，包括我自己。绝不惊动任一个，无论人还是东西，以免一个颤动，他原本站着的地方，就此坍塌，彻底被书掩埋。我走进空无一人的大楼，牢牢遏制住自己咯咯作响的骨头，只留下一颗心脏，怦怦怦跳个不停，然后用力提起那扇门，以免它发出以往那种吱嘎的叫声。我以前所未有的敏捷，钻了进去，像老鼠钻进一个偌大的粮仓，不是欢喜得打滚，而是生怕一个踉跄，土豆就滚了一地。是的，比起渴望见到他，我更怕吓到了他。

我径直走到一排书架前，没有东张西望。我打开了书，一本去年出版的小说。从目录看起，然后是译者序，我并不急着进行我来这里的目的，也许忽然之间，他自己会出现在我眼前，如果他必然或者说只能在这里出现的话……我全神贯注地看完了第一章，紧接着，第二章。可是，当我读到那个姑娘在洪水漫过的屋顶上大声呼救时，书上的字变了，形状、意思，还有它在心里发出的声音。“救命”两个字，不是紧急、迫切地寻求他人援助的意思，而成为一种狂热而庄严的渴望，渴望光芒，渴望源泉，渴望世界和自我、和意志同时被看见，最后，渴望神迹，渴望真正看到那个人……我合上书，翻开另一本，又来了！每一个字都带着同样紧急、迫切的声调，涌向同一个地方：“奚江！奚江！奚江！”我没再合上书页，任由那些笔画，那些从纸上蹦起来的字，重新排列。我顺着它们，不由自主地倾听，同时，跟着它们在心里喊起来，“奚江！奚江！奚江！”起初，声音是断续的，隐约的，随后，一行接一行，如雨后蜻蜓振动的翅膀，所有的笔画、骨骼、血液，都以同样的频率鸣叫起来……

一定是魔法。它隐藏在这座图书馆的某个角落，隐藏在一本书里。我从没有抽出来读过，除了这一次。而一抽出来，它就给整座大楼，加上了同样的气压。空气的震动是从一个点，抵达每一点。

这是我给从此黯淡下去的，属于我一人的生活，添上过的唯一一次魔法。要知道，在我的整个回忆中，没有起伏，没有迭起的高山，也没有渐落的低谷，即便故事即将落幕，也没有因为紧张或悲伤而添出些什么，因为本来就没有这些，在真实的生活和内心的情感中，都没有。我们只是一起同行，然后离开，直到最后两人将要分别，我们也未走向命运期待过的那些涨潮的地方。随后，却是潮水永恒地退去——夜幕降临，此后，我再未与他重新见面。无论怎样渴望，怎样祈祷，怎样想象或念出他的名字，他都没有出现，没有回声，没有眼神，连叹息也没有一下。魔法没能把他带回这里。

魔法实现的，总是必定会实现，甚至已实现的事物。而我们，也许，并非真的需要再相见。

2008 年，我曾到过波士顿，2008 年暮春到 10 月，整整半年，我们在同一个城市生活，但我没有一次试图去找他。我想到他时，就好像他真的消失了，又好像我们还一直这样生活着。每天清晨，我走过街心公园，走过墓地，一路看那里的雕像，石碑上刻的字，我想这也是消失，就是他说的，记住，金冬冬，我不是与你分开，而是消失。我看不见他，是的，一年年过去，我几乎快要忘记他的面孔，但需要寻找吗？寻找是因为不在，因为缺乏。但消失，就像血消失在血管里，阳光消失在眼睛里，那比你更早涌进你心脏的人，能不在吗？

他，也一样。这么多年，他一次也没有找过我，在他出国后第六年，有人告诉我，他回来过。他们很惊讶：你不知道吗？我一无所知。我从别人口中知道他的每一个近况，但他们讲述的那些，工作、远行、他的生活，对我来说，都不是他。只有当我说，我们一起的生活时，“生活”这个词才是飞翔的、饱满的、活着的，否则，它就是死去的，大海深处的珊瑚礁，聋哑的，目盲的。

我知道，并非是他主动选择了离开，毕竟在命运之外，还有生活，他自然要走向那能使他继续下去的生活，伤口在完成后进行覆盖，不是为了抚平，是为了能继续承受。但同时，他也的的确确是，离开了我。的确是他自己，允许了这样一种命运的发生——从与我们命运紧紧相连的生活中走了出去。离开，是他解开命运，跨出去的第一步，他从我们之中长了出去，一棵树高出了它自己，它的长大就像在远离。现在，他不来，那正是说，他还在这一步里，他的一只脚从我们里面迁移到了外面，还有一只脚，停留在这里，就像树的根还在土里，哪怕枝丫和树根不再相见。

还有一种情况，他不来，是因为已经耗竭，痛苦使他筋疲力尽，且始终没有恢复，重新跨越海洋走回到我们的命运之中，需要比最初远涉重洋更大的力气，尽管积攒了十五年，但还远远不够。面对一封需要完全投入的信，有时候，你也会选择不回复，或者，不打开。

在内心深处，我好像并不痛苦于和他之间的距离，哪怕这一距离将持续终生。随着时间的推移，我已不觉得有什么能够将我们分开了，我们早就被那些必然会联结我们的东西联结在了一起，如果有什么能将我们分开，那等于是说，会有一种力量强大到把那构成我命运的东西从我之内夺走。

他不来，和他的离开，和他遇到我，和我们所有人的相遇——都是爱情。说“爱情”，是因为没有别的更大更专注的词可以使用。我看不上“爱情”这个词，同时，又不得不使用它。

重生

2009年夏天，屋外大地炙烤，蝉声轰轰。敲门声。

“金冬冬……请问你就是金冬冬吗？”

“是我，你是……”

门口站着一个女人，乌黑的头发，皮肤雪白，一个非常漂亮的女人，还有一个扎着马尾辫的小女孩儿。我不认识，我的生活中很少出现这样的人物。

“你好！我是常丽，这是我的女儿，阿华。”

“你好……你们好！”

“我是奚江的朋友，很久以前了，你可能不知道我和我的女儿……我们……”

“啊，是……我想，我好像知道，他说起过——那个艰辛的、勇敢的、笑起来闪着光的母亲。”

“啊，他这样说过？”

“是的，他说过，不止一次。我一度非常嫉妒。因为我无论如何，还没法是一个母亲。”

“哎，这不是什么难的事，爱一个孩子，还是简单得多。”

“可我……没有这样的孩子，”我看着那个小姑娘，她一声不响地靠着妈妈，手指头绕着衣服上的红纽扣，“以后可能也不会有。有时候倒也想，这样的话会在尘世待得更牢些，但一想到在这之前，要跨过很多，就止步了。”

“这样说来，我的不幸倒是一种幸运了，莫名其妙地，有了孩子，然后幸运地，成了母亲——我不过是没来得及去想……”

“你们的生活……还好吗，现在？”

“我已经把阿华接到身边了，就在这里的小学上二年级。生活……现在我可以说是在生活了，而以前，很多年，只是为了活下去。如果不是奚江那时候……我坚持不到现在……你这儿，有他的消息吗？”

“很久没有了。收到过一张明信片，但也很久了，两年前。”

“那有他的地址吗？去年还收到过一张汇款单，也看不懂哪儿汇出的，上面就留了一句话：阿华健康成长！”

“那张明信片上也只有四个字：健康、平安。”

“后来呢，还有什么？”

“没有了，我们已经五年没见了。从他出国后，再也没见过……”

“真对不起，我一直以为你们非常要好，你们是吵架了吗？分手了？”

“不，不，没有！我们之间从没有变，过去到现在，一直没变。”

“那，你们是……你们的关系？友谊？爱情？依恋？伴侣？”

“都可以，说哪个都可以。如果没有一个词合适，那不管用哪个词，都一样……”

“你不爱他吗？”

“爱，从过去一直到现在。”

“可为什么，你还能坐在这里？你从来没找过他？”

“没有。”

“怎么可能？”

“人们形容一些很大的爱，总是说，我爱他胜过一切。但我和他，我们不是，我们是相反的。我们通过被这爱胜过的一切，通过任何一样东西，任何一个人，来爱。童话里，那个公主对老国王说，我对您的爱就像盐一样，这细微的盐讲的就是最宏大同时又最必要的东西。那覆盖全部的巨大的爱，要怎么存在呢？什么能支撑得住它们？必须融化在细微里。我对他的爱，也是这样的——盐，几乎不加上什么，而丧失，也不是一下子。除了品尝到的那个人，没人知道是欠缺还是丰盈。”

“阿姨，你也看过那个老国王和他的女儿们的故事？”角落里那个一声不响的小女孩忽然发出了声音，好像她忽然之间发现了我。

“是啊，你喜欢那个故事吗？”我俯下身，朝向她。小姑娘的牙齿咧开来，像两扇小小的门。

“那个老国王真可怜，他到最后，还要吃上整整一礼拜没味道的菜，才能明白为什么要爱盐。有这么傻的人吗？”

“是的，傻极了，可还有比他更傻的。”

“谁？谁会比他更傻？”小姑娘以不可置信的眼神，上下打量着我，那颗早慧的心灵，一下子明白了，我所指的正是我自己。在没有盐的食物里埋首不前，像鸵鸟埋首在细沙里，这是多年以来，我最真实的写照。可究竟是为什么？“再也不吃有盐的东西，为的是记住盐，而不是忘了——”故事仿佛以一个声音回答了我。是的，我是这样在等待着他，这么多年，孤独、恐惧、黑暗——我等待着，像等待阳光照耀的一千年前的山谷。

“对不起，好像……让你难过了……天气这样好，一整天都是太阳，今天，你本来应该在外面散步、喝茶，随便做什么，都是快乐的，却被拦在这儿……也许，光我们在这儿，就够让你难过的了……”常丽抱歉地说。

“不不，没关系，只是一点儿伤感。我很久没有回忆这些了，因为总是说不清，回忆本身也不清楚……我几乎忘了，它们曾怎样……”我把眼睛投向小姑娘的面孔，那介乎天使和泥土之间忽明忽暗的八岁女孩的面孔，也照耀着我。

“小姑娘，你的牙齿好吗？”

“有一颗会痛，在最里边，妈妈说，痛得厉害了，就要去拔掉。”她又咧开那两扇小小的门，还有更多，一串白色的，仍然坚固的城墙。

“那能吃杨梅吗？”我从橱柜里把一盘杨梅端到跟前，“已经加过盐了！放心吃吧！”

小姑娘轻轻拈起一颗，放进眼前，像观察一颗钻石，或者，一盏灯泡。

“一点儿不咸，酸酸的！”小姑娘龇起了牙。

“这儿的盐不是为了美味，是为了赶走虫子和灰尘。”我说。

“阿姨，你们刚才说的是奚江吗？盐？可奚江，是比盐更好的，他是甜甜的，谁都喜欢，虫子都喜欢，他也从不赶走一个……”

四年前一个如往常般风和日丽的早晨，阿华走在公园里，常丽把她从老家带出来有一段时间了，在这里她还没认识几个人，但一下子，她就从那片树荫下坐着的一群年轻人的背影里认出了他。她到这里的头一天，见到的就是这个带着灰色眼睛的大大的人，他给她讲过故事，唱过歌，陪她玩布娃娃和小火车……她唱的歌，也都是他唱过的，有的非常之成人化，什么她似那月儿，还不开口，什么提琴独奏，明月半倚深秋。因为本来就不是唱给孩子的，是大人们唱的，晚上被灯光和月亮催促出来的烟雾一样缭绕的东西，可因为被他唱过，就好像都到太阳底下洗过了，晒过了，一支支亮闪闪、水灵灵的。她坐在小桌前，手里抓着勺子挖米饭，耳朵紧紧追着他嘴巴里起伏的调子，不一会儿，跟上他，一道起伏起来。

很多个下午，她不肯去幼儿园，“妈妈，奚江下午会来跟我玩！”她用小手使劲儿拽住门把手，坚决不迈出家门一步。“钟敲过三下，他就来了！”傍晚五点，太阳快落山了，他还没来。她一心一意坐在小桌前，等着，桌上摆着前一天他陪她玩过的布娃娃和游戏棒。布娃娃是她到这儿的头一天，奚江送的，她给它取名——小小华，她对着它，说话也一板一眼地：好，现在，我是大个子奚江，你是小娃娃阿华，我们开始啦，一二三，木头人……

第二天一早，妈妈醒来，发现小床上阿华不见了，出来一看，她睡在靠门的窗台上。

“阿华，你怎么睡这儿？”

阿华“哇”一声哭起来，边哭边打哈欠。

“我没睡，没睡！我在等！”

“等什么？谁？”

“奚江！他说了下次来，下次来的……太阳来了一次，星星也来了，什么都没说过的，都来了！他明明说了，可没来！”

“好了，别哭，他过几天就来。下一次不是第二天。就是太阳、星星，也不是每天出现哪！走吧，现在咱们出门去！”

她跟在妈妈边上，一路嘟嘟囔囔，“谁说的！太阳不又出来了吗？又一次了……”

所以，当她在公园里发现她等的那个人时，谁也不可能拦得住她，任凭妈妈如何劝说，地面凹凸的石头如何磕绊她刚满四寸的脚，她跌跌撞撞，带着马拉松士兵式的坚毅，奔向她的雅典圣城。

“是你啊，小阿华！你也来公园散步？”那个人才发现她。

“你在这儿干吗，奚江？”

“我……”他愣了一下，好像被抓住了似的。

“这些大个子……”

“啊，这些是我的同学……”

“哼，有什么了不起！要知道，我也很快会跟他们一样高大的……”她想了想，又加上一条，“我今天已经可以穿这条红裙子了，上个礼拜还不能……”

“是啊，阿华今天的裙子真漂亮……”他咧着嘴笑，搓着一双大大的手。

“哼！我在家里，一直等你！你倒在这儿……”阿华气得涨红了脸，“我决定，再也不相信你这个骗人的……大骗子！”

这下每个人都听懂了，都笑起来。

“阿华，不能这样说话，很没礼貌！”妈妈说。

“哎呀，怎么能纠正小孩子说话呢！况且是这样好的阿华！”他恍然大悟地，“对对对！我忘了！看我这该死的记性，昨天是要给小蚂蚁过生日，还是小火车？明天，小阿华，明天下午我一定来，挂钟敲三下，我已经站在门槛上了……不信？来，拉钩！”

他的手伸出去，半天没有回音，上来的是一双脚——她正奋力爬上他的膝盖，那里才是整个雅典卫城最引人瞩目的高处。

“小蚂蚁生日过过了，小火车要下一次！现在，是美人鱼……”

登上去了！她跺着脚，跺着仅容两脚站立的方寸之地，如雅典娜震动着属于她的帕特农神庙，“……美人鱼的故事……那个美人鱼，不能死！你再讲一遍……你没讲完……”

“哎哟，阿华，你的小脚可真有劲儿……”

妈妈在边上劝她，“快下来，快下来！叔叔在跟朋友们玩儿，妈妈来给你讲……”

没用，她听不见别的，也看不见，漆黑的瞳仁里只剩下这个从小人国里出去的逃犯：“再讲一遍，再讲！你的好听，跟妈妈不一样！”

每个人都笑得前仰后合，奚江也笑，但他涨着红红的脸，开始讲美人鱼重新复活的故事了，“上帝说，好，给你灵魂吧，现在，你们自由了……美人鱼，哦，不对，泡沫们，就有了灵魂，不是美人鱼的灵魂了，是很多泡沫，很多个灵魂，这个，你明白吗？要不要重新成为一条美人鱼呢，它们开始讨论……就是它们可以成为美人鱼，也可以成为人，或者别的什么，譬如，海豚，譬如，小丑鱼……”

那天下午，奚江准时出现在阿华家的门槛上，但他没能见到阿华，直到一年后，常丽的家暴官司经数次审理，终于了结，阿华得以再一次回到妈妈身边。这一次回来，妈妈原来住的地方也搬掉了，小床和宽宽的窗台都不在了，门槛也是新的了。奚江走了有大半年，他们没来得及见上面，也就不用告别。过了很久，妈妈发现阿华每天去幼儿园的小书包里塞满了树叶，绿色的，碧绿、嫩绿、翠绿，没有一片黄的。又过了些日子，衣兜里、枕头底下、抽屉里、窗台上，树叶越来越多，角角落落塞满了。每晚睡觉前，她到各个角落，一一巡视，确保没有丢失一片。最后，翻出枕头底下的，温柔地注视着它们。

常丽越来越奇怪，问她："你拿这么多树叶干什么呀？"

她起初是轻轻地，像呜咽声似的发出"嘤——嘤"的声音，随后越来越响，"树荫……要树荫……他在树荫下……这儿变成树荫，他就会在……"

那是阿华五岁的时候，到现在又过去了三年。

现在，阿华可以讲得更清楚了："他不是盐。盐缺了，没人会想，可糖，就算牙齿痛，也不能不想，也许想得更厉害，因为怕以后再也不能吃了。没有盐，会生病，也许……可没有糖，肯定会难过，会非常……"她努力想了一下，蹦出来一个很有力的词："惆怅！"

我把第二盘杨梅端到她面前，"下一回，一定用糖来泡，我保证，每一颗都是甜的。"

那天，母女俩在我这儿待到天黑。晚上，三个人在黄色的灯光下吃晚饭。菜是我中午做的，剩下的，一盘黄瓜、一盘洋葱豆腐、一盘糖拌番茄，我每天吃的大概都是这些，不用生火，佐料拌上，几分钟就弄好。但那盘番茄，我看了它一会儿，起开一个牛肉罐头，架起油锅，刺啦刺啦，倒进去半罐牛肉，接着，番茄、洋葱、水、盐和糖，全倒了进去。不一会儿，咕嘟咕嘟汤滚了，酸甜的香气冒出来。

我打开门，把菜从厨房里端出来，"真不好意思，在吃的方面，没有多少想象力。不过，我另外煮了米饭，有没有闻到？"我一个人吃，常常不煮米饭。光煮饭没有菜，饭是吃不下的，但做了菜，不煮饭，菜照样吃得下去，而且能饱。所以，大部分时候，我的桌上其实没有饭。今天不一样，有三个人，饭、菜、汤俱全。一屋子飘着香味。

“饭很香，对不对？再来一碗，小阿华？”

“我饱啦！”

“差不多了，她已经吃了一大碗。”

“啊，一碗就够了？这么香的白米饭，一粒粒珍珠似的，发着光……再添一碗，每人都添一碗！”

我把剩下的饭都盛出来，盛了满满三大碗。

“够啦，我们都饱了！倒是你，好像没饱……”

三碗中的一碗给了我。阿华瞪着她的圆眼睛，看着我。

我吃完，又迫不及待开始另一碗。

常丽把最后一碗也推到我面前。

“为什么他一点儿没有消息，也不写信？连你——也不写？”

“他写了，给每个人都写了，但一封都没发出来，所以，我们一封也没看到。”我嘴巴里含着米饭，但清楚地回答了她。

“为什么？”

“因为他还没想好，没想好说些什么，他写下的都还不是他要说的。”

阿华看看我，又回头看看妈妈，轻声地跟妈妈说：“妈妈，她吃起饭来，怎么好像扑在上面——就像……像个什么扑在食槽上。”

“别把我当成一头猪，小阿华！今天是这个月我第一次吃米饭，我吃了快三个礼拜的菜！绿叶子的、红叶子的、白叶子的，一粒米也没有！我应该是一头牛，才对！”吃完最后一口，我心满意足地抹抹嘴巴，停下了，整个人容光焕发。

没人说话。一种微弱的震动从地心传来，传到桌子上，桌上的饭碗和筷子上，震动越来越强，像涟漪一圈圈荡开——是常丽在笑。她笑得停不下来，眼泪都出来了：“哈哈哈，对不起，你这儿……我很久没有这样了……哈哈哈，真不好意思，不该这样，还打扰了你一下午……但以后，还可以再来吗？有点冒昧，是不是？可真的喜欢！你这儿让人觉得幸福！哎，太不好意思了，这样赖着不走！小孩子在这儿，也很烦人吧……但这是真的！简直想一直待下去，就在这把椅子上，不走了……要不是怕不礼貌，我现在就可以睡着，睡一晚上！”

“菠萝啤，来点？”

“唔，酒！你这儿还有酒？”

“度数很小，几乎不算酒……”

“来，来！我要不喝点，估计真的会睡过去。我两天没睡了，哦，这没什么，几天不睡也常有的，但这会儿就……特别想睡！好像整个人都安心了，松了，钻进幕布里，到处黑了，什么都可以摘下来。睡觉就是把什么都摘下来，所以，我常常睡不着，只要有人就睡不着，脚步声、汽车声都不行，那还是在别人面前！太可怕了，等于脱光了衣服在街上！不对，比这个还可怕，是动物翻过来把肚子给你摸，得多大的相信！随时会被下手，被砍杀，就在睡梦里被杀掉。但你，你这儿，真奇怪，我一点儿也不担心，我愿意把睡梦统统交上来！现在就可以看着你的眼睛，倒下，然后一下子入睡，梦里满天星星，是眼睛，一颗又一颗，你的眼睛，跟他一样的眼睛……你不知道？你们的眼睛非常像！你们俩长得就像……就像从一个家里出来的——我看到你，就好像又回到了那个时候，我跟你说话，也好像在跟另一个他说……这样的感觉，很多年没有了，我已经快忘了……”

她一仰脖，咕嘟咕嘟一大碗喝光了。

“唔，这叫什么？菠萝啤？几乎不是酒嘛，唔，有那么一丁点儿酒味，嗯，挺不错，这味道……但我可能还是会睡着，要这么说着说着就睡着了，你可别介意啊！这酒味不够，我只有喝酒才精神，整天都喝，每天不喝点就不行……真烦，不应该这样喝，不应该……但杯子举起来，就要喝光！这儿没有我的家，我到处赶来赶去，像野狗在别人的地盘上晃悠，只有喝酒，哪怕一小点儿，就这么一下肚，到处就亮起来了！灯啊，路啊，楼房啊，都亮了，不那么冷了，脚底下、身体里伸出须根来……所以一杯接一杯喝下去，喝到杯子砰砰砰在桌上砸，喝到睡着，喝到我整个儿和这儿的一切长在一起……奚江，对，奚江也喜欢喝，但只喝白的，我——我什么都喝，像鱼一样，不管前面碰到什么，统统吞下，一刻不停地往肚子里咽……不该这样，是不是？应该学会选择，学会拒绝，可这首先得有力气，我没有力气，所以，只好逃避——喝酒，也是逃避。但奚江不一样，他喝酒是为了有力气，为了把一些东西挡在外面。高加索山上的石头，那么高，高到云里，到空气都没有的地方，太阳正可以从山巅升起，整个世界拦在了另一边……我知道，为这个，他用了多大的力气！所以有的时候，他显得硬邦邦的，他不得不这样，又重又硬，长出来的也是棘，刺人的——别忘了，是石头缝里长出来的啊，只要能长出来，哪怕一根刺，都重过金子……”

我没想到，在他离开这么多年后，还能把我们这样素昧平生的人归拢在一起。常丽此后经常跟我见面，还有小阿华，我知道，我们三个是由他撮合而成的，我们一开始共同的主题，围绕的话语，都是他，荒野里聚拢我们的第一丛篝火……

“你还记得他走路的样子吗？记得吗，他总是跑着的，到哪儿都是跑着，老远就听到小马一样的哒哒声，两只手臂那样张开着，从一串台阶上飞下来，像鸟儿的翅膀划开空气，还没到跟前，空气就热了，火柴这么一划，空气就拥着烧起来，他划过的地方，都热了……第一次见面，我就绝对信任他——就像现在，我一见到你，也这样全部的相信——前所未有的纯粹，一下子，把内心的位置都让出来，把本来要向所有人敞开（但不能）的心扉，全部向着他去了。因为知道，他那里，会完整地保留……这种相信，无所顾忌，无论当时还是现在，都一样真实，我从来不怕意识到它，不怕说出来……其实没见过他几次，从头到尾就那么几面，但我一辈子感激他，想念他！真的！这是不可灭的，比单纯爱慕一个人更坚固的情感……”

她向我讲述的时候，带着一种乏味的平淡，因为没有什么被隐藏，没有一点儿神秘，也就没有任何引人入胜的情调。她只有一个方向：说出他，说出全部的他，似乎这之中才包含着全部的她自己。相较于她的容貌，她的话语明显缺乏那种让人着魔的力量。跟她在一起，就像跟一只小狗一起，既不会感到饥饿，也不会寒冷，也不会害怕或者忧伤，你什么也不会缺乏，只是觉得被填满、被围拢。但在话语之后，她所讲述的内容本身，却令人难以捉摸，温柔而冷静的语调下，尽是惹人惆怅的遐思。譬如，是什么使这团火苗从他那高高的山岭来到一个孤独的、不幸的女人身边？是什么使得他一眼看见了她，并轻声召唤她跟随？这至今是个谜。

“我曾经消失过，不是失踪，是真的消失，无论走到哪里，没人问一句，没人看得见，没人知道，就好像我在人堆里隐形了！这跟死亡差不多！垂死之人就是近乎不存在的，唯一的差别是，我还没有把最后的话说完，还有想要做的事，就算死，也死不瞑目……但他走过来，看见了我，把我从消失中捞起，就像从河里把水舀出来。我显形了，哪怕形状是他给予的。”

但这并非是在说他创造了她。早在碰到他之前，她就是个出色的美人了。无论在哪里出现，都有一茬接一茬的男人为之倾倒。“像你这样的美人儿，怎么会待在这儿？

今天真是……我竟然碰到这样一位……”不止一个人在第一次碰到她时，发出这样的感叹，像阿芙洛狄忒[①]在海水的泡沫里被发现时，那个渔夫的感叹，带着绝望、自惭形秽之感。

问题恰恰就在这里，她从来感觉不到这个，镜子里这个人人爱慕的美人儿，对于她是陌生的、异常的，甚至难以忍受的。长久以来，代替镜子里那个动人形象的，是个满身脓疮和恶臭，比乌斯地的约伯更丧失一切、更为撒旦所毁坏的女人——自幼时被酗酒的父亲扔掉，一个礼拜后人们才从荒郊的垃圾场发现她，这一自我形象就牢牢盘亘在她心头。上天赐予她独一无二的美貌，也赐予她截然相反的另一副面孔——残疾的、无法与这副躯体相结合的心灵。镜子里的她不像自己，她自己，那个被厌弃的可怕的自我又无法面对世人。存在于她面前的，是一个心灵和肉体无法相容的悲剧性结合。越是被他人赞美，这种心灵和肉体之间的断裂越是明显。爱着她的美貌的，毋庸置疑，都是真诚的人，每一个男人对美貌的追求，都是真诚的。问题只在于，爱着那样一个她的人，有可能爱上这样的她吗？赫菲斯托斯是天神，同时，又是一个跛足的弃子，出

① 古希腊神话中的爱与美之神，相传诞生于海洋的浪花中。

生后被他的母亲赫拉抛下奥林匹斯山，她在其自身内感受到的断裂和瓦解并不比这更小，如果天神也无法使他为人所爱，那么对于她，更加不可想象。

“我从不敢想，有人看到我真实的样子能不躲开的。要知道，我自己都害怕自己，我不过是在骗人，骗骗别人也骗骗自己，久而久之，谁都不知道我了，谁也不知道我底下，是怎样的一个我！我自己也不知道！所有人都被骗了！”在被毒液和咒语缠绕的身躯之下，能够盘亘着什么？心灵？还是一条更丑陋的毒蛇？在谎言像粮食一样吞下去的缝隙里，又能剩下什么真的东西？如果在什么人也没有的深夜，让她单独跟自己待上一会儿，哪怕几分钟，她也会恶心得浑身发抖。

相较于爱，她更习惯摧残和不幸。降临在头上的一切，均被视为诅咒，一种荒谬的，然而不可反驳的命运，要不是肉体实在难以承受，她恐怕至死也不会从那个每天毒打她的丈夫身边逃走。然而，这也并未减轻她的痛苦，肉体不再遭受折磨，但自我对她灵魂的鞭笞，并没停下，现在握着这根鞭子的，是她自己。几乎无时无刻，像约伯诅咒自己的出生，她也一样诅咒自己，诅咒怀她胎的黑夜，诅咒她出来母腹时那个白日。她甚至诅咒美貌。她从没拥有美貌，只是被扔在其中，如同被置于迷宫深处的那头怪物。怪物永远不能走出迷宫，一方面是走不出去，另一方面，更接近事实的一面，是世人害怕看见，也耻于看见。迷宫——美貌，本身成了诅咒，成了怪物、耻辱和人世残酷的三重显示。漂亮的女人，没人不爱，但对于掩埋在这样一副美貌下的她而言，一切反而没有指望，没有人想得到她处在怎样无望的境地，她承受的折磨到达了怎样的深处。

——在城中心金碧辉煌的洗浴城里，这个叫常丽的女人，是一家足浴店生意络绎不绝的秘诀。她冷若冰霜，美艳绝伦，不仅男人，还包括那些通常心胸狭隘、互相倾轧的女人，看到这样一副美丽的身躯跪在那里（明明是蹲着或坐在一张矮凳上，但因为这样美丽，几乎就像跪着了），十指纤长如玉，触摸的却不是丝绒或琴键，而是一双接一双粗糙腌臜的脚，都忍不住为之惋惜，啧啧而叹。然而十多年来，她哪儿也不去，就出没在这个 20 世纪 80 年代建起来的洗浴城，有时接连辗转四五家足浴店，每天工作十六小时以上。一种近乎残忍的毁灭性冲动，美貌不过更激发这种毁灭的彻底性，这种冲动噬咬着烧灼着她。赫菲斯托斯不分昼夜，满面灰尘，在火炉前持着铁钳，这是被弃的跛足神唯一能拥有的价值。她则如囚徒般，通过一日日辛苦低贱的劳作，平复时间和记忆。

解开枷锁，赋予她自由的，是奚江。

他是怎么做到的？用她的话回答，就是："只有他从不害怕我，从不……"他非但对她的真实面目毫不吃惊，反而让她相信，他早已知道一切，无论是她企图毁灭的躯体，还是她躲闪挣扎、蒸腾不休的心灵。他从不指出，也毫不同情，他的目光里唯有一种暗示，即相信她的存在，就像暗示任何一样普通事物的存在那样。他说出"月亮"一词时，他笃信月亮的存在，月亮因为这相信，也就存在了。信与永生，是同时发生的。现在，他看向它的目光，也是一样的相信，以至于在他的注视下，她也相信有这样一个自己存在了。他把他的目光永远地安放到这具躯体之中，也就为这具躯体赋予了一颗新的生机勃勃的心灵，一颗跟他同质的心灵。把他心灵的一部分，安放到这里面，并使这一部分成为她，这等于是说，他赋予了她一具真正的躯体，一个鲜活的，她从来没想过的神话般的自我。

真正的创世，就这么简单，那人说，要有光，于是就有了。她的重生，也不过就是一眼，他的目光抛过来的那一眼。

"常丽——是你吗？"

"是的——是我！我是！"

无数个梦魇里，她摔下高山，在人们的尖叫声中，摔了很长的路，用整整一个晚上，坠落地面，又在粉身碎骨的前一刻，在由他遥远的目光铺成的满山绿茵间，重新醒来。在逐渐平复的可怕心悸中，她得以反复确认这一事实：是的，她存在。

何以在故事本应结束之处，我却停留了这么久？首先是因为，多年来，这是我唯一一次从他人而非自己的记忆里再次看见了他。一直以来，我像一个沉默的乞丐，从不张口向他人乞讨，只蹲在墙角，靠偶尔得来的施舍过活。街头那些鸽子，没有人喂，也不会飞到谁的手上去讨要，它们每天在地上啄来啄去，食物残渣、草籽、小得看不见的种子，鸽子以此为生，我也一样，靠碎屑，靠过去那些微弱的、有限的瞬间，喂养了自己。现在，这种沉默被打破了。贫瘠的土壤再次肥沃，她们跟我是共同的保存（沉默）者，我们各自的手伸出去，就举向同一个方向，在同一块画布的不同角落，添上了各自的颜色。

其次，是我为了将他置于由爱情、仁慈、尊严以及各种心灵构成的更完整的世界里，他属于我理想中的那种爱，同时又远远超出了这些，甚至超出了理想，超出了这个世界。通过促使他人成为自我，他在其中呈现；通过赋予他人存在，也就将这种存在赋予了自己。这是生命的一种共享体，当这一共享体与常丽母女俩，与晓辉、心心以及我本人的生命相遇时，就会以最大的韧性，折进每个人之内。奚江首先就是这样一个共享体，正如他生命的第一原则，是与他人共存，甚至是在他人中存在——用整个儿生命准备着，随时随地成为他者。越是在他者之中，其面貌越丰富，越少缺失。这种丰富和缺失，并非马赛克拼图的少一块或多一块，三棱镜的每一面都容纳着全部的光，每个人对他的折射都是完整的，甚至可说是独一无二的。他的完整，不是实在世界的，不是形状、体积，而是光影、色彩、公理，诸如此类抽象或纯粹意义上的。

第三个原因，可能也是最难以说明的原因，奚江在常丽生命里的出现，并非一次短暂的插曲，而是一次完整的事件，也就是说，他的生命曾久久盘桓于她的生命之中，使得这一部分融进了她的自我之内，并永远携带。那么，现在，带着这样一种绵延向我走来的母女俩，也将盘桓在我的生命中。这也符合他生命的共享体本质，我们都曾分享到他的生命，更进一步，因为这种共同的分享，因为他曾经这样的存在，我们每个人得以共享彼此的生命。他那双灰眼睛，一旦沾染上什么人，那人身上藏有的最真实、最可怕、最富力量的一切的就会被点燃，灰眼睛里那些滚烫的余烬足以燃起一场又一场熊熊大火……他的形态只在这一场又一场烈火中显形。他之所以热烈地促使他人成为自我，也许正因为他是无形的，他在无数由他促成的自我中，继续存在。那孩子带来的五饼二鱼，分给五千人，每个人得到的都是相等、均衡的一份。无论有多少人，这一份总是永恒的。每个人都在这一份里填补了自己欠缺的，欠缺的那份是各异的，但填上这一份后，就等于一起捧过圣餐，每个人都一样了。这里的一样，也不是实体上的，是就这样结成一体，无论到哪里，都不会被分离。

尾声

万圣节的夜晚，店门口和广场上挂满了南瓜灯和女巫的面具。我，常丽带着小阿华，我们三个人一起。

“啊，魔鬼们的节日，这么漂亮啊！”一路上，小阿华兴奋地嘟哝着，“现在我们是去给圣人们庆祝还是给魔鬼庆祝呢？”

“Halloween——hallow 是什么意思呢，小阿华？”我回答她。

“神圣的……万圣——我懂了，就是让魔鬼也神圣起来的日子，也就是说，不管圣人，还是魔鬼，今天都一样了，对吧？”她对我，又像是对自己说，“所以，今天，我们会碰到魔鬼吧？”

“哪来的魔鬼？”常丽皱起了眉头。

“平常没有，可今天是节日呢！魔鬼、巫婆、妖怪，都可以……”

“好了，阿华，马上就到了！尽说些乱七八糟的……”

常丽无奈地看看我。

“既然是全体圣人和魔鬼的节日，那就哪儿也不该拦着他们！他们是为了给大家庆祝，才出来的！要不然，他们肯定更愿意躲起来，不见一个人！就像我，要不是为了陪你们，我也不会出来……阿姨，你要是魔鬼……”

“怎么还说？还这么大声！”常丽小声斥她。

“我是说如果，如果……阿姨——好，那我低低地，”阿华自己给自己做了个“嘘”的手势，“如果你是魔鬼，会更喜欢一个人，还是跟很多人一起？”

“我啊？我现在跟你们一起，跟小阿华一起。早上的时候，我还是一个人，现在，我跟你们在一块儿。前面还有那么多人，我们一会儿要从里面穿过去吧？那么多人！当然，本来就会碰到很多人，这是不可避免的。没有喜欢或不喜欢。”

“是的，我知道。”阿华有点沮丧，但仍继续往下问，“如果一个人从人群里穿过去，是不是像独个儿穿一片黑乎乎的树林，得非常勇敢？还好这里亮堂堂的，有喷泉、音乐，还能提着南瓜灯到处溜达。我要是魔鬼，我保不准——啊，我又说了！饶恕我！又说了这个不吉利的名字！”阿华看着妈妈皱起的眉头，闭上了嘴巴。

“小阿华，你知道吗？很久以前，有个爱恶作剧的醉汉，这一天他又喝醉了，他走啊走……”我又开始讲起故事，跟前几次一样，“本来他应该回家的，但喝醉酒的人总是想回家又找不到家，他们没有像四十大盗，每次在门上画一个白色的标记，喝醉了只要找白色的标记就到家了。所以呢，他只能这样走啊走，在大街上不停地游荡……”

“不，他家门前种满了南瓜，每次出门喝酒，他都抱一个南瓜，这样就算喝醉了，什么都不记得了，可一看到南瓜，就能想起门前的南瓜，就不会找不到。”阿华又飞快地插话。

“嗯，好吧！”我心不在焉地应着，继续编下去，“他本来应该抱着南瓜回去那个种满南瓜的家，但这回，他去的是蜡烛店，因为家里的蜡烛前一天就用光了，早上出门时屋里黑黢黢的，他还被不知道什么东西绊了一跤，额头到这会儿还有点疼，所以，他没有回家，他想先去买一根蜡烛。”

“这下完了，他找不到了，蜡烛店门口可没有南瓜……他会醉倒在路上吗，或者，会碰到魔鬼？”阿华担心地问。

“是的，他抱着南瓜，走啊走，过了山岭和田野，进了树林，蜡烛店还没有出现，一个也没有。然后在树林深处，他看到一个魔鬼。魔鬼一直在那里等着，如果有人经过，他就会把这个人带去地狱。但这个醉汉，对，前面说过，是个爱恶作剧的醉汉，也就是说，喝醉了酒，会特别爱恶作剧……”

“嗯！是的！有一次，他喝醉了，靠一根柳条把全村的马一匹一匹从马圈里引出来，他自己呢，骑着隔壁家那匹叫小布头的白蹄马，挨家挨户敲门，快起来，你家的马跑啦！他一路嚷过去，大家正睡得香，窗户外嗖嗖的北风，没一个人起来，最多在被窝里嘟囔一下，又是这个醉鬼，喝了酒在抽疯，别理他！可第二天，除了小布头，一匹马都不见啦！还有一次，酒喝到一半，他一摸口袋，呀，没钱了！他走到旁边一桌，跟那儿的客人说几句，再走到另一桌，说上几句，谁也没明白怎么回事，两张桌子的客人就吵起来啦！几分钟后，又一桌客人加了进来，人们摔了碗碟和盘子，抄起凳子砸门，砸窗，整个饭馆闹得不可开交。他呢，拎着一大瓶酒，大摇大摆走出饭馆，继续喝他的……”

“他做过哪些恶作剧，不重要，反正，我们只要知道，他喝醉了，就爱捣蛋，谁也拿他没办法。这回，他照样设了个圈套，把魔鬼绑在了树上。‘要想我放你下来，不可能的事，除非你答应，绝不让我到地狱里。’‘好吧，我发誓，只要你放我下来，我绝不会让你进地狱。’魔鬼答应了他，但又说了一句，‘不过，也许，你会后悔的。’”

“这是什么意思？后悔？难道一个人到了天堂，也会想念以前的生活？或者，会后悔自己从没到过地狱？”

“不，这个醉汉也不能进天堂。”常丽肯定地说。

“为什么？魔鬼答应他了啊……”阿华着急地说。

“魔鬼只是不让他进地狱，这就是魔鬼的诡计！”常丽再次指出，“魔鬼不让他进地狱，而他也进不了天堂，所以他哪儿也去不了。魔鬼早就知道这个结果，他最后的那句话就是警告。所以，阿华，魔鬼是非常危险的……”

“可魔鬼什么也没做啊，而且还被绑在了树上。没有人救他，也没有人可怜他，更没有人跟他一起去地狱……”阿华愤愤不平，甚至带着心痛地说，“他在树林深处等待着，一直等待着，他以为总会有那么一个人，会跟他一起到地狱去，一个真正的人，而不只是像他一样的魔鬼，可是，没有！没有一个人（作为人）愿意待在地狱里。魔鬼爱上了那个醉汉，可是，醉汉不愿意，魔鬼到最后，仍深情地说，有一天，你会后悔的。我真可怜他，要是我，我就跟他一起走，我绝不会设圈套，也不会把他绑起来。一路上，我还要告诉人们，我就是魔鬼的邋遢新娘。”

“你又在说些什么乱七八糟的，阿华！这都是打哪儿听来的？”常丽说。

“格林童话，还是意大利童话……不对，也许是安徒生童话。”

“胡说，安徒生童话里哪有什么深情的魔鬼，意大利童话也没有，格林童话——那本书我是不许你读的！”

“为什么不能读格林童话，妈妈？就因为里面的魔鬼更让人喜欢吗？有一个魔鬼让一个士兵为他干了七年活，并给他下了很多严格的规矩，不能洗脸、梳头、剪指甲、剪头发和擦眼泪水。但后来，士兵受伤了，不是流血，是伤心痛苦的那种，那个魔鬼却自己替他洗脸、梳头、剪指甲和头发，还为他擦去眼泪水。当然，还送给他很多金子，帮他娶了国王的女儿，这些嘛，每个魔鬼都会，但为别人擦眼泪的魔鬼——这是多么好的一个……魔鬼！要知道，没有人会为魔鬼擦眼泪，而魔鬼却会为人擦眼泪，魔鬼……”

“阿华，我说过很多次了，不要老是幻想着什么魔鬼、妖怪，这是不切实际的，而且，很危险……”

“我知道，妈妈，”阿华更加肯定地说，“最大的危险，就是会把人带下地狱。可这也是工作，每个人死后，总要去一个地方，不是地狱就是天堂，魔鬼的工作是带人们去地狱，他是一个向导，负责任的向导。他带人们去地狱，因为他只知道那儿，如果他知道天堂的路，他也会把他们带去天堂的，也许还会告诉他们，通往地狱的路和通往天堂的其实是同一条……可是，他不知道，天堂和地狱已经变成了两条路……所以，那个醉汉，最后去了哪儿？”

“嗯，不用担心，阿华！你说得没错，魔鬼的确不是坏蛋，他看着醉汉在地狱和天堂之间徘徊，就给了他一根燃烧的蜡烛，让他把这根蜡烛放在他的那个南瓜里，南瓜里面已经挖空了，这么远的路，他饿的时候就啃一点南瓜瓤。现在，南瓜像一盏灯了，他提着这盏灯，去寻找自己回家的路。”我说。

“找到了吗？”

“不知道，也许找到了，也许还没有，也许那个灯还在人间，那个人，还带着灯在人间流浪……”

半明半暗的街道尽头，建筑的侧影和尖顶同时出现在我们眼帘，一个老头，穿着宽松大袖的蓝色罩衫，站在尖顶下朝我们这儿望，不等我们靠近，他就朝我们走来。

“带上一盏灯，再往前走吧，把你们的路照亮些！”每个人的手里被塞进一盏南瓜形状的灯，里面亮着一颗圆圆的灯泡。我们一人提一盏，跨进了大门。

阿华轻声地，偷偷地问："阿姨，你是不是也一直在等那个流浪的人？"

"我？等……什么……"

"你为什么不去找他？我等，是因为还要继续长大，就算找到他，我也还没长大。可是，阿姨，你为什么不去找！你已经足够大了，只要去找，就能看到他，从他的鼻子、眼睛那儿看到他，不是像我这样，踮起脚尖，也只能从肚脐眼那儿抬头望……"

"可是……我没有一定要等谁……"

"难道除了那个人以外，你还期盼过别的什么吗？"常丽从前面扭过头来，对我说，"就算有过，到现在，你也该知道，没有别的了，不管是想象中的，还是那个你无法不想念的，从来就是同一个。"

"是的，是的，我明白……但还是……"

"还是什么？还是害怕？怕他根本不会回来，永远也不会回来？"常丽把整个身子都转过来，看着我。

"还有，我也不确定，他的家到底在哪儿？真的在我这儿吗？我自己也还没有一个家……"

"所以，更要去找他啊！你不去找，不看到他，问到他，就永远也不能确定。"

“可是，问什么呢？怎么问？”

“那还不简单？嘿，你这个捣蛋鬼，你现在还打算去哪儿？哪儿也不用去了，这就跟我走吧，一起回家。就这么简单！是吧，阿华？如果是你，那一天，你也一定会这样说吧？”

“真好啊！如果能这样……可是，他真的会……”

“会这样，一定这样。只有一盏灯，不够！还需要一个带他回家的人，一个大地上的向导。这么长的时间——也许只因为他也不知道该怎么重新找到你。”

“其实，也找过我一回，他对我，后来也有过一次问候……有一封信，从非洲边境一个小城寄到我楼下邮箱的，两页纸，歪歪扭扭的字……他还在做医生，但不是在医院，是帐篷里，从一个帐篷到另一个帐篷……战火，或者灾难以后，他就出现，还是他的英雄主义，他自己承认过不止一回的。但这一回，他不承认……”

音乐和钟声同时响起，我们从座位上站起来，谈话暂时终止了。

“四处救人吗？别人看来，是的，但我自己，只是在寻找，从一个地方到另一个地方，从一个病人到另一个病人——我总想象，在每天做的事里，也许就有拯救。但我至今仍不知道，自己那点痛苦有没有减轻，也许它们太过微小，微小到不足以被减轻，微小到我必须终身背负。金冬冬，你还在那儿吗？还在原来那条河，那片树林，那栋楼房附近吗？我很想来看一看，因为你！只有你！你还在那儿！但是放心，我绝不来打扰，绝不会要和你见面。我所想的是，能不能给我找一个最靠近那儿的房间，旅馆也好，民居也好，只要是紧挨着那一片的。我就从那儿的窗户，往外看，看看你在那儿的生活，那儿的树木，太阳，你每天早晨出去、傍晚又回来的那条小路……”他的信里密密麻麻写着，甚至还画了一栋屋子和屋外的树林，详细说明墙上一定要有大大的窗户，最好是落地的，坐在椅子上也可以看清门外的石子路、地上的落叶、树林里的尖嘴鸟。但如果这一切都没有，那只要是紧邻我的屋子，哪怕小小的阁楼，没有窗户的地下室，都可以。他将在其中倾听每一下响声，他将确定那是由我的生活发出的响声，比他运用眼睛从窗户里观看属于我的那条林荫道，更真切，更令他满意。

后面跟着的，很多个感叹号，像哀号：“也许我还在那场噩梦里！但现在，我真的非常非常想念！比起跟你见面，我更想知道的，是你的生活——我们都曾有过的那片生活——现在，都还好吗？还是那么活生生的，热腾腾的吗？一想到这儿，我的痛苦好像加倍了，同时，又卸下了！但愿，现在，我就可以抵达——随着这封信，这些字，直接抵达你那儿！连翅膀，连空气的震颤，都不用！”

收到信的那一刻，我记得，我是欣喜若狂的，但随即明白，这是起飞前的着陆，是他向我最后飞来的翅膀。早在那次旅行中，我便意识到集中在他身上的一切自然属性中最可怕的力量——飞翔，他永恒地飞向无垠的力量。为此，他将不惜燃烧自身，向着灰烬，不断燃烧，越来越轻，在一丝微弱的震颤里飞舞，最后，几近于无。而我所做的，是抓住他的手，将他留在地上久一些。

我很快给他回了信，告诉他，房间正在为他寻找，眼下就有一间，在我楼下，紧挨着楼梯口，出门向右爬一层楼梯，就能到我现在租住的房间。我的房间有窗户，他的，也有。虽然不是落地的，是四扇窗户并列着，在同一面墙上打开，窗帘是乳白色的。他能看见门前的树和小路，也能听见楼上楼下的脚步声、开门声，甚至水煮开的噗噗声。我们将一同出门，在嘈杂的街市中央，一起听到从顶楼某个房间传来的琴声，在临街的摊头看到瓦罐里盛开的大朵玫瑰，甚至一起倾听旅店一楼的老挂钟昼夜不歇的滴答声。我们将再一次平行地真切地生活着……

我的回信并不比他的稀薄，甚至更热烈。在信里，我说尽了盼望、思念，还有什么没说的呢？都说尽了！什么也没剩下！

我等待着，楼下的房间等待着，老挂钟和屋外的石子路也等待着……几天后，楼下的邮箱里又收到一封信，不是别的，就是我发出的那封，信被退了回来，一个临时的地址，他早已不在那儿。他已经起飞，又一次地，也许是最后一次。

他的着陆，他的哀号，就是告别。

就是这些了，我所拥有的都已写在这里，接下来，我将得到那个最后的消息。

2013 年 4 月，十二岁的阿华，扎着马尾辫，一翘一翘，拖着跟自己差不多大的箱子，走在常丽的前面。

“这一次，我们会找到他的，金冬冬，你等着我们的消息。”

“不！最好……不要……我害怕消息……”

“可你昨天还说，如果找到他，能不能问一问他……”

“那是胡思乱想，因为分开太久了，他跟我，跟我们，跟这儿的一切，都分开太久了，我怕我会忘记……”

“忘记？怎么可能？”

“是的，不可能！更主要的，是不应该！他说过的：金冬冬，只有你，现在只有你了！只要你还在，他们——就不会消失，我们的一切——都不会消失。我早已接受了这句话。”

“接受？”

“是的，接受！像接受皇冠一样接受了它！所以我一直在这儿。他们死了，而我活着。活着是为了他们，为了他们在我们之内继续，通过我们，重获生命。原来，我以为这需要的是一座丰碑，沉默的坚硬的能刻下全部名字的巨石（它屹立不倒）。但有一天，我发现，也可以是鲜血，哈得斯的灵魂喝饱了鲜血，将活过来，他们甚至可以开口歌唱。而他呢，他会走向哪里？会用什么浇灌哈得斯的土壤？从几年前接到那封信开始，我就在等待着那一天，从那时候起，我就感觉到了，有什么东西正从我这儿出去，那股力量，生命的，永恒的力量，正在消散，越来越稀薄……就像是——我，我们也在一点一点死去，正向着他们而去。”

“这才是你的胡思乱想，金冬冬！”

“不，这种消失，我比绝大部分人都敏感，在我最敏锐的青年时代，我和他共同的青年时代，我们接连目睹了两场消失，这种敏感正是连在我和他之间的纽带。昨天，在那家快结业的书店，我看到了那套两卷本的《智慧七柱》，烫金字体，缎面软装封皮的上下卷，一共两块钱，一册一块，就差没有论斤卖了！我简直不忍去看！难道就花两块钱把它买过来？这简直是抢劫，是侮辱！所以，我掉头走了！我竟然就那样走了！我急着去追我的公交车，每天都得赶那趟车，错过得等很久才来第二辆……一路上我都想着这件事，现在也还在想着，我就那样，把它们丢在了一堆废墟里……我丢了它们，就等于丢了奚江，丢了我全部的青春和信念——这是一个征兆，或者预言。现在，它们是不是还丢在那儿，或者被谁用两块钱就换走了……”

这一天终于来了。

一大早，阿华抓着一张报纸，敲开我的门：

“阿姨，他死了！”

“什么？！”

“不，不在新闻里，在这儿！”还没完全长大的手，指着报纸的一角。“妈妈在那边看到的，她叫我去买的报纸！她马上就来！我们一回来就找你……在这儿！牺牲？他去打仗了吗？”

“不，他绝不会去打仗！”

“我只在课本里看到过这个词，战士们，打仗，然后牺牲。”

“他是战士，但绝不会是那一种。一个人向另一个人开枪，一个人伤害另一个，都是活生生的人！那不会是他的选择，无论什么时候！”我看清楚了报上的字，“他只是献出了自己。”

2013 年 5 月 27 日，星期一，一个小小的包裹，包着一副银制的镯子，紧跟着，一封厚厚的航空信。最后的消息。

“我是奚江的朋友，也是跟他一起在约旦工作的医生。包裹是他托我向您转交的。他已于上个月离开人世。”阿华读到这里，停顿了，“阿姨？”

“读下去吧，阿华。”

“他葬在我们这儿最高的山岗——勒维伯得山上，是他每天早晨跑步会经过的一座，此地最具盛名的三座圣山之一。与之遥遥相望的另一座——侯赛因山上，葬着一位一百年前死去的越南僧人。这些年，他在马拉维、尼日利亚、索马里兰各有一段时间，2011 年来约旦后，就一直驻扎在此，无国界医生在这儿的项目几乎都是他负责，每天他处理很多事务，培训当地医生，当然，还有前线——他总是把自己和前线捆在一起！那里危险和辛苦得多，而他的身体……几年前在索马里兰，一个炮弹的碎片从颞骨打进他的脑袋，手术从晚上七点做到第二天，整整十个小时，一个月后他才苏醒。受伤的位置非常不好，他一度非常虚弱，体重只剩下八十斤，70/40 的血压，30~40 的心率，我们都以为要完全恢复是不可能的，只希望能不留下残疾……没有人相信，半年后，他竟然能接受第二次修复手术！主刀医生一直说，这是奇迹！到现在，这个手术还被当作经典教学案例，向医学院的学生讲授。他真是石头一样的人！我见过的最不可思议的石头！后来他又接受了不止一次头颅修复，颅骨将近一半换成了钢板，不到一年时间，他就回来了，完全回来了，回到我们的队伍里，并跟以前一样开始工作。我们希望他只负责当地医生的培训，不要再去前线，但你知道，要让他停下来，就像不让他呼吸那样困难！

“今年初春，他一直以来的胃病忽然加重了，还有过一次出血，本来预备等天暖和些，一定要送他回波士顿，或者是回来中国……一直以来，他是如此经常地跟我谈到过去，谈到您，尤其这两年，他常常一遍遍回忆他在您身边度过的那些岁月，他在中国学校里的那些时光。他从没有忘记您，没有忘记他多年前有幸度过的那个世界。他说，他一直在做的就是为那过去的时间再次出现，不懈准备。我们不太明白他说的有些话，但我们知道，他非常想念中国，想念您。可一切都没来得及安排，那个早晨，他突然发生了一次抽搐，随后一个礼拜，又接连发生了两次，然后他整个人一下子垮了，好像又回到了几年前索马里兰，回到了那次炮弹袭击之后。不，炮弹当然不能摧毁他，只是他的身体的确垮了，这一次，上帝也没法再为他做手术，他被耗尽了……他完全明白这一切，临终前，他的平静温柔比他一直以来石头式的坚硬更令人惊异。我们每个人都哭了。这里每一个人都非常爱他！”

阿华不肯再往下念，她也哭了。

我接过信。

“那个晚上，他从昏迷中醒来，然后，一直到最后，他都醒着。如此病痛和清醒的折磨下，他仍显得十分安宁、温和，知道死亡将要来临，光将由囚禁之地喷薄而出，一双眼睛甚至比以往更明亮、快乐。到早上，他的脸忽然变得那样庄严，甚至自己坐了起来，靠在床头，他像山崖上一座凸起的石像。我们知道这意味着什么。

他照例问了当天的日期，每回身边有人，他都认真地问：现在几月几号？他后来已分不清白天黑夜，所以，每天不止问一次。这天，他只问了第一次，他说，好啊，这个日子好。”

随后，就是那个确切的死亡时间，2013 年 4 月 24 日——就是那一天，我在书店看到那本躺在废墟里的《智慧七柱》，却没有拯救的那一天。而信里说的是，“当太阳又一次从勒维伯得山之巅升起的时候，他闭上了眼睛，没有再睁开。”他是迎着朝阳而去的，这正是鸟儿的飞翔，毫无疑问。

我曾以全部的力气、全部的心血，以及全部的祷告请求过的，就是将他抓在这大地上，在最后那个不得不松手的时刻到来之前，久久地把他留在此处，留在我的生活里，记忆里，时间里。因为我真正害怕的，不是他的死亡，而是消失——就是他曾再三强调的，应该在我这里实现的消失。但没有，幸好，这一切，都没有发生！他的死亡最终证明了这一点。他将绵延不绝。

在文字、信、书籍、花朵和笑容里，在每一块空旷的大地，陡峭的山脊，被肯定和否定的时间里，他越来越多地来了。如果说他消失了，那也是消失在所有这些越来越明晰的事物里，消失在无法再被辨认的此世和彼世的界限中。随着他的死，一切不在场物向着我、向这个世界涌来了。

有时，我觉得这一切是无穷的。

昨天，阿华从我的书柜里拿到一本书，翻了几页后，她说："我觉得这本书，至少这一页，是他在说给你听的。"

"什么说给我听的？胡说八道！"

"没有胡说！你读过这首吗？最后这句！"

我捧过书，从第一个字开始读，读到最后，我不由得念出来了：

"我早就不相信有什么奇迹，

却又多么幸福地看见：奇迹——真的存在！"

他的来信

（代后记）

金冬冬：

我又给你写信了。我总是一再违背自己说过的。我曾向你要求过一面落地的窗户，这一次，我又想跟你要求些什么呢？我还不确定，也许是一张照片，一张关于你的照片，面朝着我，好像正向着我走来，或者下一秒就要转身，但现在还停留着，还没有挪开脚步。如果没有这样的照片，那就给我一张风景的，最好是你从一座高耸的山上拍的，俯瞰整座城市的景色，里面有河，有桥，有道路，还有一些美丽的高尚的人。

但也许，这一次，我什么也不要。是的，这一次，我只是想靠近，就是长久以来一直想实现，但一直停滞、沉默、蜷缩不前的那个——靠近你，简单地靠近你。有时候，这种向往，只有一瞬，但我曾被这一瞬间的闪电照彻整个心扉，尽管随后，是更为漫长黑暗的夜色。这一次，我想把这一瞬，永远留下来。我想让你知道，我曾又一次地，往我们的道路上走去。这封信，它是通向那道路的一个阶梯，或者，一个脚印。

从哪儿说起呢？从我的生活吗？我的生活——自从离开你、离开你们以后，好像就无法再说这个词了……不过，在这里我有了一扇窗户，在从生的鸢尾和橄榄木之间，在峡谷上的一个教堂对面，每天可以听到那边传来的管风琴声，像是峡谷传来的空旷的声音。前年，也许是大前年，我开始去这个教堂，教堂是公元 11 世纪初的，也就是说，快一千年了，跟我们那儿的寺庙一样古老。里面没什么人，到处很空，跟山谷一样空旷，地板上镶嵌着狩猎、畜牧和耕种的图案，还有各种鸟兽的奔跑和飞翔，柱子很高，从拱门往上升，一直升到斑驳的穹顶。它一点儿不像我以前跟你们去过的地方，除了从玻璃窗透进来的彩色阳光。但每一次我都能在这里清晰地感受到过去，我们的那些时光，就像是从永恒的时间里窃取了什么，还给现在。由此而来的，是企图。这一刻，下一刻，企图时时刻刻，每一分每一秒都停留在那里面，每一刻都在生产对下一刻的野心。这种对时间本身的斤斤计较甚至使人彻底蔑视了时间。有一天，我意识到，它是不恰当的，于是，这不恰当也成为我的折磨。

现在，当我写下这些时，一切好像都过去了，好像我已完全克服了自己。我知道，这也是一种错觉，因为现在，我正在你的时间里。我在跟你说话，而你，将会听见。你会把我发出的最粗粝喑哑的声音，在体内冶炼成金子，当微风穿梭而过，我便像钟鼓那样奏响。我想要见到你，也是为了这个响亮的、只在你面前才可能存在的我。还有幸福，真正的幸福。但不是为了幸福，我才要见你，而是为了见到你，我必须拥有幸福。

这就是为什么，我还在这里，为什么，我还没有出发。

不，并不是你想的那样。在这里，我接近于某种幸福：一个人，但周围有人群，我不是完全的孤独，有一些朋友，或者说，是跟我一样孤独的人，痛苦的人。他们需要我，尽管我并不能真正解除他们的痛苦，孤独是一种更深入的痛苦，而我的药水，或手术刀，只能在某个剧烈而肤浅的点上，发挥一些作用。就像心心说，她只相信针管和药水。不是“只”相信，而是“只能”相信，因为除此以外，我们再找不到其他更坚实的东西。有时候，我觉得我比他们更依赖这些东西，我把它们当作武器，我把武器分发给人们，我希望他们战胜——战胜什么呢？武器是无法拯救一个人的。而痛苦——我们却总会被不同的痛苦绑在一起，无论肉体的还是精神的。病床上，前一晚厮杀过的敌人也会并排躺在一起。因为痛苦，人们会握起双手，相互宽恕，甚至拥抱着哭泣。也许上天给人类这个礼物，就是为了这个。而我，我的针管和药水，我还没有学会像礼物一样送出它们。也许是因为，我还没有像接受礼物一样，接受来自我自己的痛苦。

现在，我开始像你一样，在一个人时认真祷告了。有时候，在那个 1000 年之久的教堂，有时候，就在书桌前，枕头上。虽然我还是不知道，我向之祷告的，到底在不在那儿？又或者，那倾听着我的，跟你的，是不是同一个？我只是想更深地潜入自己，潜到无法再深、几乎窒息的极限，然后一跃而起，好像这样就把所有的痛苦和海水一起留在了下面。

但有一点，我想跟你说，我正在慢慢明白从你到我的一切，有时我觉得一切为时尚早，这里的“早”是指客观的时间而言，对于我，我的时间，可能已经耗去了太多。也许在未来的某一天，那个奇迹，我一直以为那只属于奇迹的事物会突然降临，降临在我的时间之内，降临在我这一生有限的几乎被消磨殆尽的光阴里。然后，我会明白，所有那些被耗尽的，原来早已获得它们的永恒，它们早在那“应许之地”，如天使和圣灵各安其位。只要我能真正明白这一点，我就能明白、同时也就能实现奇迹本身。

是的，明白奇迹，就是看见它，就是使它显形，就是实现。奇迹一直在那儿，跟时间一样，漫天席地，无时无刻不在的，我已经明白了这一点。它是我们的空气，我们的呼吸，我们日用的饮食，所以要说“今日请赐给我们”，这是在请求把奇迹赐给我们！

现在，我所缺的，只是最后那一点儿。我知道，我已身处其间，我正向着你而去，甚至，已在你身边。只需要等那个最后的、永恒之前的时刻来临，等那一下钟声敲响，我就会明白，也会相信：奇迹——真的存在！

奚　江

2013 年 1 月 1 日